挑剔的哲學

徐望雲讀書筆記

徐望雲——著

序　這樣讀書，是一種享受

跟很多很多人一樣，我也不是天生愛讀書。求學時期，每本攤在眼前的（教科）書，我必須牢記書的內容，還得去背誦它，就為了考試拿高分……誰這樣讀書還會感到快樂的，我只能說：「奇葩！」

即使出了社會，接觸書本的機會仍然很多，而我面對這些書本的方式，一樣沒有（也沒想到要）改變求學時的讀書習慣——全盤吸收，不去懷疑。

這種讀書的態度，持續很久。

挑剔著讀書，亮點一大堆

二〇〇〇年來到加拿大，在媒體工作，做記者，做編輯，平時還是有讀書的習慣，除了詩、散文、小說等閒書，也有正兒八經的古籍經典。

不過，在加拿大從事媒體工作久了，每天要消化很多英文新聞稿，偶而對自己理解的新聞不敢把握（當中有語言的問題，也有對新天地的制度習慣和文化的陌生），需要不斷翻查資料核對確認……慢慢養成了面對或處理一些新聞話題時總先抱持懷疑，去找新聞內容是否有貓膩或錯漏的態度。

不知不覺間，這種凡事抱持懷疑去挑剔新聞的態度，也影響了我讀書的習慣。

數年前，一位朋友幫其住在安老院的父親向我借了一套（三本）一九八三年由里仁書局出版的彩畫本《紅樓夢校注》去打發時間；這套書我很早就有了，大學時曾讀過一遍《紅樓夢》（印象中是三民書局出版），之後買了這套彩畫本《紅樓夢校注》，並跟我飄洋過海來到加拿大，卻一直擺書架上養灰塵。

過了一段時間，朋友還回這套書之後，讀書界剛好有《紅樓夢》相關話題在炒，我心想，那就蹭個熱度，重讀一遍吧。

這回重讀《紅樓夢》，在一頁一頁重溫書中的故事時，心情就與大學時讀《紅樓夢》的心情不同了，時不時就會去挑剔《紅樓夢》的人物和情節，這一讀下來，竟讓我挑出了些很有趣的看點。

比方說，我看過的影視作品中，《紅樓夢》人物全是漢服裝扮，甚至中國一九八三年版電視劇《紅樓夢》拍攝時，還特別請到沈從文任服裝顧問，也考證穿著為明代服飾，然後據此設計劇情……

但這回在重讀時就發現，哎呀呀！關於《紅樓夢》是哪個朝代，書中就已經寫了，哪需要勞駕文學大師來費心考證；此外，賈寶玉、林黛玉和薛寶釵的三角關係鬧得悲劇收場，其實是曹雪芹在布局時，出現了一個不該犯的

「疏忽」；同時曹雪芹對某些人物的處理也顯得粗枝大葉……

當大家都在讚嘆曹雪芹的寫作是如何厲害到不行的時候，竟然只有我在「扮黑臉」，會挑剔《紅樓夢》的問題和毛病……感覺上像是兒童拿石頭去砸了有錢人家窗子一樣，做了壞事，卻又有一種「快感」。

重讀完《紅樓夢》，再順勢重讀《三國演義》，也時不時會與我手邊一套（兩本）一九八〇年由輔仁大學中文系老師合譯的《白話三國志》（河洛出版）對照，發現有些三國故事在《三國志》中卻是另一個模樣，但這可以理解，羅貫中畢竟寫的是根據歷史改編的小說（演義）嘛，誇張一點沒什麼；但在讀到曹操殺呂伯奢一家時，卻發現羅貫中出現了一個常識性的錯誤……

這中間，偶然看到Youtube影片中，有網紅介紹《酉陽雜俎》中曾提到中國人很早就跟月球人有過接觸，我身邊剛好就有唐朝段成式的《酉陽雜俎》，很快找到這一段，讀著讀著，對這段月球人的敘述產生了一些疑惑……又好像在牛肉湯麵裡找到一小塊牛肉的感覺！

接下來我就再找回老早以前就讀完的「諾貝爾文學獎全集」（遠景版）其中幾本我認為有爭議的作品重讀……又發現一些亮點，還意外發現莫言

「檀香刑」原來是有出處的，證明他所言《檀香刑》「純出想像，無典可憑」，根本吹牛！

因為帶著超級放大鏡去讀書，發現了書中隱祕的角落，原來也是另一番風景，這真的是一種享受。

讀書與上網，非水火不容

就在我正「享受」這種全新的閱讀經驗時，二〇二〇年四月，接到溫哥華《星島日報》總編輯張曉軍來信，邀我給他們的副刊談文版寫專欄。

溫哥華《星島日報》的副刊，其實就是每天五個方塊組合成的半個版面，我負責其中一塊，每周五刊出，我把專欄名定為「望雲小集」，這是我第一本書（詩集）的書名，純粹紀念。

由於溫哥華《星島日報》屬於「港式」報紙，副刊專欄一般都是寫時事和拉家常，純文學的主題很少，除了「來點不一樣的」考量之外，也沒多想，當下就決定朝文學與讀書的主題奔去，並且就從我重讀《紅樓夢》的有趣發現和《酉陽雜俎》的月球人開始寫起。

從二〇二〇年四月底開始，迄今已寫滿兩年了。

這一路讀書一路寫，欲罷不能，真正感受到以挑剔的精神去讀書，那種痛快，與當年求學時餵什麼讀什麼還得全盤接受的情況大大不同。便決定把這兩年在溫哥華《星島日報》寫的「望雲小集」專欄，整理出這本《挑剔的哲學——徐望雲讀書筆記》與讀者分享。

拉拉雜雜講了這麼多，該攤牌了，該把出版這本書的意圖說出來了。

這幾年網路發達，願意靜下心來讀書的人也少了，相信很多人還是會把「閱讀」的經驗連結到求學時的「K」書經驗，這哪會有快樂可言，比較起來，網路上五彩繽紛的世界相對更具吸引力。

我也一樣，很喜歡上網（看影片或找資料），但在養成了「挑剔」的閱讀習慣後，網路反而成了一種相輔相成的便利工具，可以好好利用，收穫更豐。

記得李志綏寫的《毛澤東私人醫生回憶錄》（時報出版）初版時，我看完後一直懷疑有不少誇張的地方，例如，在李的回憶錄中有一段，提到田漢被整的「緣由」，是因李志綏推荐毛澤東看趙燕俠出演的新京劇《李慧娘》，江青追問，李志綏便要毛澤東跟江青說是看了田漢一篇稱讚《李慧娘》的文章，結果讓田漢揹了鍋，成了文化大革命的引線……換言之，文革就是李志綏的一個動作所引發。

這段感覺上有點誇張，卻沒有證據，只能閉嘴。

但現在藉由網路搜索引擎，就很容易找到答案，證明李志綏的記述，的確有點「言過其實」。

我想說的是，書本，與網路並非死敵，也沒必要把閱讀看成牛鬼蛇神，如果像我一樣，改換一種心情和態度去閱讀，把網路當閱讀的良伴，你就會發現，讀書，真的是很快樂的事。

也期望這本書能讓您讀起來，有舒心的感受。

目次
Contents

第一章

《紅樓夢》——挑一些刺出來

大一時就讀過《紅樓夢》，印象中是刪節本，當時也是亂讀一通，沒細讀，早已忘了內容。為防新冠肺炎（COVID-19）疫情，有很多時間在家裡待著，得以拿出一九八三年由里仁書局出版的彩畫本《紅樓夢校注》重讀。這本《紅樓夢校注》是由啟功、唐敏等人校注的，還附有劉旦宅的《紅樓夢》人物畫。編排得相當好。

不過，時隔很多年後重讀《紅樓夢》，卻意外有些收穫。

只有貂，能續貂——《紅樓夢》續書之我見

《紅樓夢》後四十回是不是高鶚的狗尾續貂之作，一直以來都有爭議。最早提出是高鶚續作說法的是胡適。

我讀的彩畫本《紅樓夢校注》，每個章回後的「注釋」和「說明」，就有很明顯引導讀者相信後四十回真是高鶚狗尾續貂之作的傾向。

先簡單講講這個背景。

一七九一年，程偉元和高鶚編輯的刻印本《紅樓夢》一百二十回出版，這個版本被稱為程甲本。第二年，兩人再就之前的本子進行了修訂，出版了程乙本。這兩個版本稱為程高本。

在胡適對《紅樓夢》後四十回的作者提出異議之前，程本以一百二十回的面貌流傳了一百三十年。一九二一年，胡適發表《紅樓夢考證》。他得出的結論是，後四十回是高顎續寫。

我在重讀《紅樓夢》前，就看過白先勇對「是否高鶚續書」的說法提出了他的看法，他曾在一次採訪中表示：「我自己作為（小說）作家，很清楚，《紅樓夢》前八十回撒下了天羅地網，多少的線索。後四十回換一個人來收尾，尤其是人物的口氣前後要統一，那是不可能的。」

在我重讀完之後，我的「感覺」與白先勇一樣，不管《紅樓夢》是不是曹雪芹、路人甲或路人乙所寫，一定都是同一個人，因為，即便高鶚再有才情（任何人也一樣），也不可能接續那麼大的故事結構和格局來完成四十回的篇幅。

「說明」中多處指後四十回與前八十回有違拗之處，例如，在一百十九回中，賈寶玉中舉後竟又出家做和尚一事很矛盾，「說明」中提到「既與寶釵結為美滿夫妻、與功名利祿相妥協、又中舉、家業又開始復興……這一切都似無出家必要了」。

事實上，我不覺得中舉與出家相矛盾，因為這回中，寶玉在考完試後就

「失蹤」了，中舉（和那還不知道會不會成真的『家業復興』）是在失蹤之後，可見賈寶玉早就想出家，去考試只是給家人（尤其是父親賈政）做個交代，家業復興與否也不在考量之內。

同時，我看不出寶玉被逼與林黛玉分開而娶薛寶釵（還是被王熙鳳設計的），他會心裡快活，因為此後他們的互動的確是很「平平」，看不出「美滿」。

即便「家道復初」，別忘記，寶玉最掛念的幾個女子，如林黛玉、晴雯……等等都死了，對賈寶玉或FOCUS在寶黛（或加個寶釵）愛情糾葛的讀者而言，當然是「白茫茫一片大地真乾淨」的悲慘結局了。

結局的慘不慘，跟大觀園能否恢復往日榮景無關，畢竟，就算恢復了，也不是寶黛和王熙鳳……都在的大觀園了，況且，在小說結尾恢復往日榮景，才能避免被朝廷「上綱上線」地列為禁書。任誰是作者，都會將結局「拗回」家業復興也很正常。

白先勇寫小說那麼高竿，都承認要在「人物的口氣前後要統一」的前提下續寫後四十回，根本不可能，更何況才情平平的高鶚。

值得注意的是，清朝時代，「抄寫」的風氣很盛，遇到喜歡的小說就去抄寫，在抄寫的過程中，多少會有「補」或甚至「誤寫」的情況，因此，會有很多「抄本」出現。

因此我認為，比較合理的解釋是，曹雪芹的確寫完了一百二十回的《紅樓夢》，但高鶚最多就是在「抄寫」過程中，對一些闕漏的地方，做了「補」（加注釋）的工作，而他跟程偉元合作的版本，是最後流傳的定本，如此而已。

終究是大清的《紅樓夢》

在重讀《紅樓夢》的過程中，還有一些「發現」，很有趣。例如，《紅樓夢》描寫的，究竟是哪個朝代，就一直讓我很好奇。

在第一回中，作者（都說是曹雪芹，其實最早期抄本並未署作者名）藉那被女媧補天遺落的頑石之口說「朝代年紀，失落無考」。

而書中的確未明指是哪個朝代，因此惹人猜疑，一直都說，曹雪芹寫《紅樓夢》時，之所以不提朝代，是因為怕鬧出文字獄。中國一九八三年版電視劇《紅樓夢》拍攝時，沈從文任服裝顧問，考證穿著為明代服飾，然後據此設計。

一九七七年由林青霞和張艾嘉主演的《金玉良緣紅樓夢》，也都是漢服裝扮。

看起來應該是明朝，即使沈從文有失誤，也該是漢人建立的朝代（如宋朝），至少不是清朝，應無疑義。

因此在我閱讀的過程中，腦海裡的賈寶玉和金陵十二釵，全是漢服裝扮。但在重讀的過程中，偶然發現，沈從文當年其實根本不必那麼費心去考證它的服飾，因為《紅樓夢》的時代背景，作者曹雪芹在書裡早已「露了餡」。

答案在五十四回，講過年期間，賈母與眾人聚會，吩咐文官等人唱戲，當薛姨媽批評「實在戲也看過幾百班，從沒見過只用簫管的」之後，賈母發話「這算什麼出奇」，然後指著湘雲說了一段話：「我像她這麼大的時候兒，他爺爺有一班小戲，偏有一個彈琴的，湊了《西廂記》的『聽琴』、《玉簪記》的『琴挑』、《續琵琶》的『胡笳十八拍』，竟成了真的了。」

其中的《續琵琶》可不是虛構的劇本，正是曹雪芹祖父曹寅作品。

賈母說，她在湘雲一般大的時候（二十歲上下），聽過《續琵琶》的「胡笳十八拍」，曹寅生於順治十五年，故《續琵琶》創作問世的時間肯定在康熙年間，而賈母是在很年輕的時候聽過這齣戲。

因此，可以推測，會提到曹寅的劇本，《紅樓夢》的故事年代一定是在清朝雍正乾隆之間。如果背景是在明朝，怎可能會聽到清朝人編的戲曲，那豈不是「張飛打岳飛，打得滿天飛」了嗎。

另外，還有一個證據在一百十八回，在賈母冥壽的早晨，寶玉磕了頭回到靜室中，鶯兒端了一盤瓜果進來說：「太太叫人送來給二爺（賈寶玉）吃的，這是老太太的克什。」

這「克什」是滿族語（意為上供的食品），雖然賈府所在的金陵是一虛構的地名，但依書中的脈胳，這金陵應是在江蘇南京附近，滿族在東北，如果是明朝，其語言要「下江南」可能性很低，但如果是滿族統治的清代，就無可懷疑了。

另外，《紅樓夢》出現了多次明朝的官制，如「錦衣府」這個詞。我們知道，「錦衣衛」是明朝的特務機構，主要是侍衛和巡查緝捕，清朝入關以後，仿效明朝制度，仍然設立錦衣衛，只是時間很短。

但任何有關明朝的史書，多直接說其名稱「錦衣衛」，未聽過錦衣「府」這詞，因此，我判斷《紅樓夢》在稱錦衣府時，是把它當成一般的治安機構，就像我們現在有時仍會叫「衙門」來代替法院一樣。

個人認為，如果能選擇，一般人恐怕寧願《紅樓夢》的時代背景設在明朝吧，畢竟誰能忍受那麼「討人喜歡」的賈寶玉，竟會是頂半個西瓜皮再伸出一根辮子的樣子。

且真要回歸《紅樓夢》的清朝時代背景，所有的相關影視作品都要重拍了！

那就算了吧！

《紅樓夢》中的詩評

在讀《紅樓夢》時，我還注意到一個由賈探春提議邀集大觀園中的年輕女子所組的海棠詩社。結社目的旨在「宴集詩人於風庭月榭；醉飛吟盞於簾杏溪桃」，作詩吟辭以顯大觀園眾姊妹之文采不讓桃李鬚眉。

詩社成員除了賈寶玉、林黛玉和薛寶釵三大主角外，還有史湘雲、賈迎春、賈探春、賈惜春、李紈及王熙鳳，後來又有薛寶琴、邢岫煙、李紋、李綺、香菱等人參與。

曹雪芹讓成員作詩展現不同的風格，我的第一個想法就是，《紅樓夢》

者對詩的賞析功力。

第四十八回，香菱來還回向林黛玉借的《王摩詰全集》時，林黛玉問她「領略了些沒有」，作者就藉香菱的答話，對王維的詩做了賞析。

讓我印象最深的是談到「大漠孤煙直，長河落日圓」（使至塞上）時，香菱說：想來煙如何直？日自然是圓的。這「直」字似無理，「圓」字似太俗。合上書一想，倒像是見了這景的。

事實上，這兩句呈現的畫面，像是數學的幾何圖形，讓無理、太俗的「直」和「圓」把孤煙和落日鑲在有長河穿流過的大漠上，很具有美感。最精彩的是，談到「渡頭餘落日，墟里上孤煙」（輞川閑居贈裴秀才迪），曹雪芹藉香菱的嘴巴，把兩句詩嵌進現實經驗中：「我們那年上京來，那日下晚便挽住船，岸上又沒有人，只有幾棵樹，遠遠的幾家人家作晚飯，那個煙竟是青碧連雲。誰知我昨兒晚上看了這兩句，倒像我又到那個地方去了。」

這裡的賞析之能引人，是因有「現實經驗」（雖然也可能是虛構）印證，但能在樸素的描摹中與詩句對照，才能讓讀者深入體會。

這種賞析方式，可以給現代文學工作者很好的參考，讓賞析或評論加入生活經驗，可以更生動，而不是掉一堆書袋，讓它變成作者盤點文學術語的試驗場。

我讀紅樓的兩疑惑之一：王熙鳳之死

《紅樓夢》說是布局龐大、人物眾多，可見出作者曹雪芹的功力。但在一百二十回裡，仍有些我不明白的處理方式。首先是王熙鳳的死。

在第五回「賈寶玉神遊太虛境，警幻仙曲演《紅樓夢》」中，以十二支曲預演了《紅樓夢》的結局，其中寫王熙鳳的歌詞頭兩句，「機關算盡太聰明，反算了卿卿性命」，題目是「聰明累」，意思是「聰明反被聰明誤」。一直都說，這兩句指的是王熙鳳玩弄權術，害人不淺……

但整部《紅樓夢》看下來，我實在看不出她有那麼「惡劣」。

賈瑞和尤二姐的死雖與她有關，但並非她害死的。賈瑞死於對鳳姐的單相思，尤二姐這邊，雖然鳳姐想要鬥臭她，但她終究心理脆弱，加上被庸醫誤打一胎，最終想不開而吞金自殺。

另外，王熙鳳所以有「權」，乃是因為賈府中，似乎也找不到其他可以掌控大局的「強人」，即使探春是另一個有政治手腕的女性，如果要權，王熙鳳應該是要先鬥倒探春才對，但並沒有，探春以遠嫁得善終。而賈府的衰亡，主要是因為被官府抄家所致，也非鳳姐引起。

王熙鳳的死，則是在一百十回中操辦賈母喪事時，因力不從心，被一個小丫頭一句「怪不得大太太說：『裡頭人多，照應不過來，二奶奶是躲著受用去了！』」，結果，她「一口氣撞上來，往下一咽，眼淚直流，只覺得眼前一黑，嗓子裡一甜，便噴出鮮紅的血來……」此後一病到死。

就直接死因來講，是因被冤，氣不過來，間接原因是，賈母喪事是在賈府被抄家之後，王熙鳳操辦時，處處捉襟見肘……根本就是累死的。

哪裡是「機關算盡」？

我讀紅樓的兩疑惑之二：為何不能釵黛皆娶

《紅樓夢》的人物處理方式，除了王熙鳳讓我感到疑惑之外，另外一件讓我感到疑惑的是，黛玉之死。

大家都知道，黛玉會死，主因是寶玉娶了寶釵之故，從九十六回傻大姐兒不小心透露出「寶二爺娶寶姑娘的事情」，確認她無法與寶玉有情人成眷屬之後，病情每況愈下，直到一命嗚呼！

感覺上，賈府上上下下都傾向兩「寶」的結合，事實上，儘管讀者都知道寶黛才是心心相印，但寶釵的善解人意，從現代語言來講，才是能跟寶玉「過生活」的對象。

再從另一個角度來看，寶釵和黛玉，各擅勝場，各有各的優點。

事實上，寶玉潛意識並未排斥寶釵，只不過，放到現代社會，一夫一妻才是王道的情況下，若只能選一人，當然，寶玉無疑會選黛玉。

但我的問題來了，在賈府中，娶妻納妾的事，並不是什麼了不起的事，賈珍除了尤氏這個繼配之外，還有三個妾、賈璉除了王熙鳳外，還有秋桐、平兒和尤二姐三個妾、寶釵的哥哥薛蟠也有兩妾，就連賈寶玉的老爸賈政都有兩個妾，趙姨娘和周姨娘……

懂我的意思了吧：為什麼不能兩人同時迎娶呢？賈母又那麼愛護寶玉，她老人家只要發個話，讓寶玉同時娶兩人有何困難，而釵黛兩人，如果真愛寶玉，誰妻誰妾有那麼重要嗎？

當然，我們都說，「劇情需要」，但這劇情也該編得有頭有腳，否則遇到像我這種「不乖」的讀者，讀起來總會覺得哪裡怪怪的，難受！

紅樓角色讓我不舒服之一：尤三姐

在《紅樓夢》裡，有兩個角色，讓我讀來不舒服，先講一個——尤三姐。我認為，曹雪芹在處理尤三姐的角色時，很粗糙。

尤三姐第一次出現在六十三回後半段，聽著賈蓉胡扯「誰家沒風流事……璉二叔還和那小姨娘不乾淨呢！鳳嬸子那樣剛強，瑞大叔還想她的賬——那一件瞞了我？」之後，「三姐兒沉了臉」，表現出她對淫亂之事的不屑。可以看得出這尤三姐，也是很「剛強」的女子。

接下來六十四回，主戲是在其姐姐尤二姐被賈珍、賈蓉父子設計獻給賈璉做（祕密）二房，到了六十五回，賈璉如願娶了尤二姐後，又想將尤三姐與賈珍送作堆算是「回報」，哪知被性格剛烈的尤三姐臭罵了賈璉一頓後，賈珍和賈璉「別說調情鬥口齒，竟連一句響亮話都沒了」。

六十四回和六十五回的主戲還是在尤二姐，尤三姐的主戲是在六十六回，開頭尤二姐向賈璉講到尤三姐的意中人，突然就冒出了柳湘蓮，「五年前，我們老娘家做生日……他家請了一起玩戲的人……裡頭有個裝小生的，叫做柳湘蓮。如今要是他才嫁。」

坦白說，曹雪芹寫到這兒，我就狐疑，只是看對眼，啥事都沒發生，連個對話都沒，竟然就「非君不嫁」了，有點無厘頭。這感覺就像，林志玲還沒嫁人時，坊間流行的一個段子——每個男人都覺得「林志玲在等我」。

哪知道，因為「惹禍」而逃走了好幾回合的柳湘蓮就「恰好」出現了，且也欣然同意（婚事）了，還把家傳的佩劍「鴛鴦劍」留作信物……連尤三姐長啥樣都沒見過。

最後只是偶然從賈寶玉處得悉尤三姐也是賈府的人，說了句「這事不好！斷乎作不得！你們東府裡，除了那兩個石頭獅子乾淨罷了！」種下了湘蓮決意悔婚的念頭。最後，尤三姐就以這把「定情」劍自刎而死。柳湘蓮隨後也出家了。

她出現在三個回合（六十九回在尤二姐夢中出現的，不算），但由她擔綱的只有一回多一點——整個六十六回與六十五回後半斥罵賈璉的一大段。

當然，看完全本《紅樓夢》，我們很容易得出結論，曹雪芹安排剛烈的尤三姐，就是為了與她姐姐尤二姐的優柔寡斷做對比，而且，我不敢說古代沒有這樣的女子，但寫小說，不能這樣草率，為了找對比，而胡亂編派角色。

如果現實中，真有看到陌生人一眼，就非他不嫁，非她不娶的好傢伙，我會建議她（他），一定要找精神科醫生，好好治治。

紅樓角色讓我不舒服之二：妙玉

在《紅樓夢》裡，有兩個角色，讓我讀來不舒服，之前講了一個尤三姐，這回，我要講的是——妙玉。

在我眼裡，尤三姐的安排太過刻意，作者斧鑿痕跡明顯；妙玉則是「跑題」了。

從第五回的判詞「欲潔何曾潔，云空未必空！可憐金玉質，終陷淖泥中」和曲文前兩句「氣質美如蘭，才華阜比仙」，可大致判斷，曹雪芹是想把妙玉塑造成完美無瑕的女子，但因其帶髮修行，卻又心繫紅塵（指的是與寶玉有情愫），所以才「欲潔何曾潔，云空未必空」（這裡的『云』是『說』的意思）。

一百十二回中寫她被劫，當強盜「將妙玉輕輕的抱起……此時妙玉心中只是如醉如痴」，看起來她好像是沾上了人間情欲，但接著又說妙玉是「被這強盜的悶香薰住，由著他擺弄去了」，顯然矛盾，這讓我想起一個陳年的段子，「既然無法反抗，只能含淚享受」，但那是民間逗笑的玩意兒，基本只出現在情色片中，放在這部鉅作中使用，就有點不倫不類。

妙玉被劫之後，其下落就完全沒有交待，有些學者因為判詞的「終陷淖泥中」，而認定她進入了妓院或給人當妾。

但四十一回中，描寫了一段值得注意。劉姥姥被賈母帶到妙玉的櫳翠庵里品茶；品茶期間，賈母將喝剩的半杯茶水遞給了劉姥姥，劉姥姥「一口吃盡」之後，妙玉憤然離去，私下裡拉著林黛玉和薛寶釵喝私茶。賈寶玉隨後趕來，品茶期間，道婆收了外面的茶盞回來。妙玉忙命：「將那成窯的茶杯別收了，擱在外頭去罷。」賈寶玉知道妙玉嫌劉姥姥髒，不要杯子了。

這一段你可以解釋成妙玉「云空未必空」，修行未達火候，或根本就是掛修行的羊頭賣個人私欲的狗肉，但也可以解釋成其有「潔癖」，這樣的女子，理論上遇到「被劫」，應該會選擇玉石俱焚，而不會「終陷淖泥中」的。

如果是假修行，那就不夠格當「氣質美如蘭」，如果是「潔癖」，就不可能「終陷淖泥中」了……不論哪種，都是青蛙跳水，不通不通。

所以，我個人的判斷是，曹雪芹可能本意是想讓妙玉被賣入娼家，選擇自殺，但因為四十一回中「潔癖」那一段又要與她跟寶玉「同杯飲茶」（表達對寶玉的愛慕）對照，不知如何拗回來，只好讓她被劫後沒了下文。

人家是虎頭蛇尾，寫妙玉卻是虎頭沒了尾，讀了很鬧心！

讀《紅樓夢》，上癮的兩個理由

寫了幾篇跟《紅樓夢》有關的文字，其中有兩篇是我質疑《紅樓夢》作者在小說中處理的方式，一是王熙鳳根本不是「機關算盡」而死、二是為何非要寶玉只能釵黛二選一；另外，我也對尤三姐和妙玉兩人的處理頗有微詞……

但我必須要說，《紅樓夢》的作者，仍然是我心中，史上寫作功力最高的三個長篇小說作者之一，另兩人是羅貫中（《三國演義》）和施耐庵（《水滸傳》），所謂作者功力，主要是看，在那麼多的主要人物中，能不能將最多人物塑造出最多的「性格」。

《三國演義》周瑜和諸葛亮，甚至劉關張等人的對話，一看就知是不同的人，《水滸傳》中宋江、林沖、魯智深……看言行，讀者很容易分得清誰是誰，《紅樓夢》更不用說了，寶玉、黛玉、寶釵本不在話下，即使我有微詞的尤三姐和妙玉，其性格也各有特色。

我沒有列入《西遊記》的原因，就是吳承恩需要著力的角色只有那師徒四人，難度不如《紅樓夢》、《三國演義》和《水滸傳》來得高之故。

小說最難之處有兩個，一是劇情安排；二是人物性格刻劃。

劇情安排方面，越短的小說，越要看布局是否精妙，高手作家會著力在其作品散發的驚奇和亮點是否引人入勝，例如魯迅、沈從文、白先勇等近代小說家的作品，常有出奇的發展，讓人回味不已。

但長篇小說，要時時出現亮點很不容易，《三國演義》和《水滸傳》有歷史為本，順著故事發展，到處展現亮點比較容易，而《紅樓夢》沒有歷史為本，作者依現實經歷來布局，穿插絕妙想像，使得書中也充滿亮點（例如太虛幻境、葬花、抄家等段落，都是暗示結局的重要橋段）。

比起短篇小說或極短篇，人物性格更是考驗長篇小說作者寫作功力的標尺，寫作能力差的作者，人物會搞得千篇一律，某些言情小說家都有這種情況……（你懂的。）

劇情時時有亮點，百樣角色有百樣性格，這是讀《紅樓夢》最過癮之處。

回應我讀紅樓提出的疑惑

每次寫完重讀《紅樓夢》的心得後，都會轉到社交媒體貼出分享，多半也會獲得一些反饋，一般對我提出的疑惑和問題未有意見，但提到「為什麼（作者曹雪芹）不能讓寶玉同時娶薛寶釵和林黛玉」的問題後，倒有不少朋友回應，「相信誰都不願意當妾」，同娶釵黛兩人是不可能的。

聽了這些看法，我的結論是——誰說不可能！

我的回答有四個，第一，如果依曹雪芹筆下的寶釵和黛玉個性，寶釵比起黛玉應不會計較名分。

第二，黛玉要的是與寶玉成婚且百年好合，她要的是愛情，按理說也不會計較名分；綜合前兩點，寶釵和黛玉都不是會計較名分的人，一個是因性格婉約，就是薛寶釵，另一個則是注重愛情多過名分。沒有願不願意當妾的問題。

第三，我承認，如果讓賈母在釵黛中二選一，她應該會比較喜歡薛寶釵。但不要忘記，對賈母來講，她最鍾愛的人是誰？是薛寶釵嗎？是林黛玉嗎？別鬧了！

她最鍾愛的，還是她的金孫，賈寶玉，如果寶玉提出一次娶兩個，賈母發個話就能成事。

好了，最後，也是最重要的，不管你是否同意以上的三個論點，或硬拗說，不不不，寶釵和黛玉非得計較名分不可，賈母也一定不同意，她一定非要這兩人只能選一個……

是可以這樣拗，但有一點，我真正想說的是，曹雪芹在寫作《紅樓夢》時，他應該、至少，要把「薛寶釵與林黛玉同娶」列入選項吧，至於你的發展最後會是如何，是不是寶釵和黛玉真的計較名分，或賈母真的不同意，那是另一個問題，在寫作時，你至少要把「同娶」納入選項。

至於結局你可以按照寫作習慣，發展成你要的結局，但這畢竟是個選項嘛，你讓黛玉之死順理成章也ＯＫ，但不能連這個「薛寶釵與林黛玉同娶」的選項都不給，一上來就是賈寶玉只能娶薛寶釵不可，沒有其他選項，對長達一百二十回的小說來講，我個人覺得作者不是疏忽就是失職。

猜猜《紅樓夢》作者吧

《紅樓夢》的作者是誰，是個很有趣的懸案，一直以來都說是曹雪芹，因為第一回中有這麼一段：「曹雪芹於悼紅軒中披閱十載，增刪五次，纂成目錄，分出章回，又題曰《金陵十二釵》。」

我之前的文章〈只有貂尾能續貂〉中僅能確定，「不管《紅樓夢》是不是曹雪芹、路人甲或路人乙所寫，一定都是同一個人……」，但最近找到一些資料，直指《紅樓夢》作者根本就是紀曉嵐。

事實上，我對《紅樓夢》的作者是否是曹雪芹，也曾質疑過，因為雖然胡適研究得出曹雪芹是曹寅孫子的結論，但我早先曾看過有文章提到，在曹氏族譜中，有曹寅，但子孫輩沒有曹雪芹，而前舉的「曹雪芹……批閱」云云，批閱也不是「創作」的意思，而是「閱讀並加以點批」。

因此，這邊我可以暫時得到一個結論，「曹雪芹」就像「徐望雲」，其實是個筆名，其「本名」是哪個，我無法肯定。也許「紀曉嵐」是一個滿有力的說法。

紀曉嵐「護」《紅樓夢》的故事是證據之一。

在乾隆年間，《紅樓夢》原本是一本禁書，但是《紅樓夢》這本書具有很高的文學研究價值，而紀曉嵐一直有心想要維護《紅樓夢》這本書。

在中國出品的電視劇中，紀曉嵐先將小說改名為《石頭記》，並且將此書獻給太后，為其解悶。太后看了之後，甚是喜愛賈寶玉和林黛玉這一對璧人，對他們的愛情讚嘆不已，見太后喜愛，乾隆皇帝決定不再禁此書。

但是乾隆皇要寶玉迎娶寶釵，讓他走上仕途，考取功名，以達到對讀者的激勵和啟發作用。於是紀曉嵐在抄寫時，將《紅樓夢》故事結尾做了改動。

坦白說，紀曉嵐「護」書的故事不一定是真，但他對《紅樓夢》必是有一種很「特別」的感情，後人才能依據這種「感情」，編出他「護」書的傳說。

證據二，是紀曉嵐的「名字」。紀昀，字曉嵐，又字春帆，晚號石雲，又號觀弈道人、孤石老人、河間才子。

請注意他的晚號——「石雲」。「雲」字的古字是「云」，除了「天上的雲」的意思，還有「說話」的意思。「石雲石云」不就是「石頭在說話」（《紅樓夢》最早的名字就是《石頭記》。）的意思嗎！

另外，他又字春帆，有人發現紀曉嵐其他作品中春字很普遍，這個我先不談，但《紅樓夢》書裡的春字用的也很普遍倒是真的，賈府女眷中的四春（元春、迎春、探春、惜春）就是典型。

證據三，我認為滿重要的就是，《紅樓夢》布局龐大、人物眾多，沒有足夠的才情，根本寫不出來，而能夠寫出來的，也非等閒之輩，放眼《紅樓夢》產生的時代（乾隆年間），只有兩人的才情能夠匹配，一是紀曉嵐，另一是劉墉。

但劉墉長於書法而非文章，紀曉嵐寫作功力從《閱微草堂筆記》即可見出，比較之下，如果說他能寫出《紅樓夢》，我不會感到奇怪。

第二章

三國故事原型篇

三國故事，充滿了機智和謀略，雖然主角是諸葛亮，但其他幾個主要人物，在機智和謀略也有自己的一套，相當好看。

現在我們談三國的人物和故事，依據的多半是《三國演義》。事實上，羅貫中在寫《三國演義》時，距三國時代已有一千多年，只能參考陳壽的《三國志》（與裴松之註解《三國志》時，所補進的內容），但他寫的畢竟是小說，為了「劇情需要」，難免要將史實做些改裝，會把某些情節做戲劇化處理得更好看。

《三國演義》改編的電視劇不少，中國大陸就改編了兩次，而且故事耳熟能詳。

我手邊沒有《三國志》，但有一套（兩本）一九八〇年由輔仁大學中文系老師合譯的《白話三國志》（河洛出版），於是，在我讀三國時，從《白話三國志》中找找故事的原型，成了一種趣味。

空城計原型

《三國演義》的空城計，在第九十五回，講諸葛亮派馬謖前去駐守街亭，但馬謖太輕忽，造成了街亭失守，後來司馬懿乘勝追擊，十五萬大軍直逼諸葛亮所在的西城。面對曹魏司馬懿大軍進襲，諸葛亮深知毫無勝算，故意大開城門，坐在城上焚香操琴，讓司馬懿以為城內有伏兵，因而退兵。

在三國歷史中，諸葛亮沒有玩過空城計，但有人玩過，最有名的就是常山趙子龍——趙雲。

《三國演義》中，諸葛亮的空城計「受害人」是司馬懿；但在三國歷史中，趙雲空城計的「受害人」是曹操。

建安二十四年（西元二一九年）。在劉備與曹操爭奪漢中的時候，派遣黃忠、趙雲前去防守。當時黃忠帶著部隊去搶劫曹操的糧草，留下趙雲守營帳。

但趙雲等呀等，卻等不到黃忠回來，想說這個老兵是不是自己跑酒家去玩？於是就帶著數十騎兵出去找人，不料才出門沒多久，就與曹操的大軍迎頭碰上，趙雲連忙退入營寨。

這時趙雲就跟諸葛亮一樣，心生險計，下令將營門大開，並把軍旗都收起來，該躲哪裡躲哪裡，不要露面。曹軍懷疑其中有詐而退兵。

但曹操與司馬懿的結局不一樣，《三國演義》中，司馬懿退兵後，諸葛亮喘了口氣：「嚇死寶寶了！活著真好。」

但，三國志中，趙雲見敵軍要撤退，卻下令放箭出擊反殺一波，背後遭襲的曹軍頓時陷入慌亂，彼此踩踏死傷無數，灰頭土臉的回去了。劉備知道這件事後前來探視，還大讚「趙雲一身是膽」。

這故事是在《三國志》趙雲傳中，裴松之的引注〈雲別傳〉中特別補充的；另外，在《三國志》中，除了趙雲外，還有吳國孫堅和魏國文聘也都玩過空城計，方法都差不多，由於本文側重在蜀的部分，孫堅和文聘的部分，就略過了。

不過，這下好了，蜀（趙雲）、吳（孫堅）和魏（文聘），都有玩過，三國打平。

這其實就是所謂「兵危用險，事急用詐」的典型。

華陀「們」

讀過《三國演義》的讀者，一定聽過一段故事，關羽刮骨療傷的故事，說關公有次中了毒箭，射到他的手臂裡面，華陀來替他治箭傷，在他來治箭傷時，關公正在宴請他的將領，大宴賓客，準備煮酒論英雄，本來華陀想用麻藥，但關公不想壞了興致，不用麻藥，你直接來治吧。

所以在華陀幫關羽治箭傷時，關羽是一邊談笑風生，一邊喝酒吃肉，一邊讓華陀用刀子割去他手臂的肉，把箭頭拿出來，再用刀子把骨頭上面的毒給刮去。

飯局之後，箭傷也治好了。

這故事在《三國志》也有記載。被刮骨的也的確是關公，關公真的是很厲害。

但有趣的是，《三國志》提到關公刮骨療傷時，只有講到有個醫生，但沒有講到醫生的名字，但到了《三國演義》裡，卻變成了「名醫華陀」，而且還說華陀是因「聞關將軍乃天下英雄」，所以主動上門醫治的。

《三國志》中的「方技傳」中，有提到華陀，且提到了事蹟，說明華陀也是實有其人。

事實上，華陀在關公刮骨療傷的前七、八年就被殺了，如小說所言，是被曹操殺的，但不是像小說講的因為要剖開曹操頭顱而被多疑的曹操殺掉，正好相反，他是不肯再給曹操醫頭疼的宿疾，而被曹操一氣之下給殺了。

由於《三國志》中明確記載著華陀的醫術，在羅貫中寫小說，寫到關公刮骨療傷時，安排「千古名醫」華陀來醫治「蓋世英雄」關公，主要是想製造相得益彰的戲劇效果。

《三國演義》畢竟是小說，有些誇張的描寫是情有可原的。有趣的是，在《三國演義》裡，除了關公、曹操等人，華陀的病人還滿多的；近代國學大師陳寅恪有專門研究過，得出一個結論是，華陀治病這些事蹟可能也都是改編自印度神醫耆域的故事，要知道「陀」字本來在印度梵文裡意指藥王神。

他（陳寅恪）認為當時中原可能真有一位華姓醫生，因醫術高明，所以印度神醫、中國名人都紛紛趕過來依附在他身上，於是，「華陀」就成了中國歷史上的「第一名醫」。

這故事其實在社會心理學上是被歸納為「馬太效應」（Matthew effect）。它出自於《聖經・馬太福音》，這段話裡面有一段話是這樣寫的，「凡有的，還要加給他，叫他更為富足，更加的多」。

所以心理學家就把《聖經・馬太福音》裡這一段話引申為：任何個人或團體，一旦在某方面獲得成功和聲譽，就會產生一種積累優勢和積累效應，使得更多的成功和聲譽都靠過來，結果就產生「好更加好」的效果。

草船借箭原型

這故事大家應該也都知道，簡單說就是東吳的大都督周瑜要暗害諸葛亮，想了（或故意誘導出）一個壞主意，他要諸葛亮三天之內製造出十萬支箭，否則便軍法從事。於是諸葛亮神機妙算，趁著大霧天，演了一台「草船借箭」的好戲。班師回朝時，諸葛亮還向曹操軍隊大喊「謝丞相賜箭」。

這故事在《三國志》「吳主傳」（講孫權的故事）中裴松之引註《魏略》時，也有記載，只是主角是孫權，受害人也是曹操。

建安十八年，即公元二一三年，在赤壁大戰五年之後，曹操率大軍進攻東吳，在長江邊濡須這個地方，曹操首戰就遭到了失利，便一直龜縮不出。

當時，孫權乘坐大船來探曹軍的虛實。

曹操看到後並沒有出軍迎擊，因為曹軍善於陸戰，不善於水戰，貿然出擊，不一定打得過你。於是曹操下令射箭，射向孫權的船，結果箭全插在孫權的船頭，箭的數量極大，射得船都要傾斜了，且因為重量不平衡，分分鐘有翻船的危險。

孫權嚇得要死，雖然曹操的箭沒有傷到人，但幾千枝箭的重量加起來，少則也有幾百公斤，多則幾千公斤，足夠把船給弄沉。

急中生智之下，孫權想到讓船平衡，於是下令調轉船頭，讓船的屁股受箭，承受重量，船身平穩後，孫權得以安全返航。回去之後，孫權派人把箭全部取下來，發現大部分還能循環使用。

要知道，諸葛亮的草船借箭是有意為之，但當時孫權不是為借箭而來的，只是憑白無故中了樂透大獎，獲得了曹操贈送的一大堆箭。對孫權而言，也是意外的驚喜。

羅貫中寫三國演義時，應該參考了孫權這一段，剛剛說了，孫權並沒有刻意借箭，但歷史上還有一次，是真的用草人借箭，那是發生在唐朝的安史之亂。羅貫中想必也參考過。

話說西元七五六年，安祿山命令狐潮攻取雍丘，當時守城的是張巡，張巡組織士兵在城頭上射箭把令狐潮叛軍擊退回去，張巡帶領將士們堅守雍丘二個多月，打退敵人上百次進攻，這時，城裡的弓箭所剩無幾，子彈沒了，張巡非常心急！

但他想到了一個方法。

一天深夜，令狐潮的士兵隱隱約約看見雍丘城頭有成百上千個穿著黑衣的士兵，沿著繩索往城下爬，一副要偷襲的樣子，嚇得趕緊報告令狐潮。令狐潮也斷定是張巡派兵偷襲，心想「哈哈！老子的箭多到用不完，怕啥？」

便命令士兵使用弓箭攻擊，頃刻間，箭像下雨般射向雍丘城頭，張巡指揮城上士兵擂鼓吶喊，直到天色發白，城外令狐潮的士兵才看清楚，「靠！被忽悠了！」原來城牆上掛的全部是草人。

張巡的守城士兵在雍丘城頭上高高興興地拉起那上千個草人，上面插滿了弓箭。查點了一下，竟有幾十萬支之多。補足了城裡的弓箭。

只是張巡沒有諸葛亮那麼有禮貌，連跟令狐潮道聲「謝謝」也懶得說。

三顧茅廬的真相

「先帝不以臣卑鄙，猥自枉屈，三顧臣於草廬之中，咨臣以當世之事……」

諸葛亮在出發要去打曹魏之前，寫了〈出師表〉給蜀漢後主劉禪，開頭那四句是其中的一段話，大意是：你老爸劉備生前曾經不嫌棄我出身卑微，家裡很貧窮，反而委屈他自己來到我的破屋子，跟我討論天下大事。但中間一句「三顧……草廬」，被後人引為明主求賢若渴或求才若渴的典範。

陳壽把這段故事引申為「三顧茅廬」，寫進了《三國志》裡。

到了元朝羅貫中寫《三國演義》，為照顧敘事性、戲劇性、故事性，更將「三顧茅廬」的故事做誇張的描寫。說劉備當初帶著桃園三結義的兄弟關羽和張飛，去找諸葛亮，找了三次，第三次才找到，找到之後，劉備非常高興，就跟諸葛亮在他的書房裡，暢談天下大事，即所謂「隆中對」。

千百年來，劉備到底有沒有三顧茅廬，其實有不少人質疑。

跟諸葛亮同一時代的魏國學者魚豢編寫的《魏略》，提到劉備跟諸葛亮見面的故事，講了三個字，叫「亮詣（拜見）備」，也就是諸葛亮先去拜見劉備的。

當時，劉備依附荊州牧劉表底下，諸葛亮知道劉表是個膿包，也預見曹操如果要一統天下，第一件事就是拿下荊州，便急著去找劉備，陳述自己的看法。

初見諸葛亮，劉備並未在意，但聽了諸葛亮講了天下大勢之後，覺得很有道理，果然是人中之龍，之後就把諸葛亮奉為上賓。

諸葛亮「主動拜見」的說法，也有異議；黎東方在《細說三國》中，就提到諸葛亮的〈出師表〉是寫給當時的皇帝劉禪，提到三顧茅廬，絕不可能說假話。

我的看法則是，「主動拜見」和「三顧」之事，都有，也不衝突。也就是說，諸葛亮在認識劉備之前，是先遞了履歷表，給劉備，經過劉備interview之後，劉備覺得還不錯，意猶未盡，所以，之後再去找他找了三次。

清朝的洪頤煊在《諸史考異》書中，也提了類似的看法。洪頤煊認為，諸葛亮初見劉備於樊城，劉備雖以上客待之，但沒有特別重用。

諸葛亮見得不到劉備的重用，於是一氣之下就回家了，等到徐庶再次舉薦時，劉備才決定上門請他出山，於是才有了「三顧茅廬」的故事。

洪頤煊進一步指出，劉備和諸葛亮第一次相見在建安十一年，三顧茅廬發生在建安十二年。諸葛亮後來非常感動，因而寫在了〈出師表〉中，而有意忽略了之前的主動晉見。

魚豢與諸葛亮是同時代的人，《魏略》的成書原則是「當代人錄當代事」，而且以資料嚴謹著稱，可信度很高；只是，魚豢當初在寫「亮詣備」的時候，他可能不知道後面還有劉備三顧茅廬的事，所以沒有記錄進去。

因此，我個人的結論是，在三顧茅廬之前，劉備跟諸葛亮已見過面了，而且是諸葛亮主動去找劉備的。

曹操沒說要負天下人

「寧可老子負天下人，天下人不可負老子」，這是羅貫中寫《三國演義》時編派給曹操的，就在他殺了呂伯奢一家之後所吐出的混蛋話。

這故事大意是，曹操和好友陳宮出逃。他們來到曹家的世交呂伯奢家裡躲避，呂伯奢非常高興，自己出去打酒，還讓兒子磨刀殺豬招待曹操和陳宮。

二人半夜起來，聽到磨刀霍霍的聲音，嚇了個狗吃屎，以為是呂伯奢要幹掉自己，於是曹操與陳宮商量，決定先下手為強，殺了呂伯奢一家之後，看到被綁起來的豬，才知道錯殺了好人。

曹操感到不好意思，半夜連忙逃走，路上遇到呂伯奢打酒回來，曹操心想，「反正人都殺了，不殺呂伯奢，他回去看了，也會恨我，不如我先送他去見上帝吧。」

於是手起刀落，又殺了呂伯奢，還說出「寧我負人，毋人負我」這句話。陳宮覺得太過份了，便與曹操分道揚鑣。

好了，先講一個羅貫中扯淡的地方，就是殺豬那個部分。我吃過豬肉，也殺過豬。當年在海軍陸戰隊新兵訓練中心，上一梯結訓，我們這一梯就要準備伙食，包括殺豬，我的工作是負責把豬的四腳綁起來。

告訴你，當你開始綁豬腳時，豬大概知道死期不遠，發出的慘叫聲，說一公里外聽得見，可能有點誇張，但說方圓五十公尺能聽得到，都算低估了。

我要說的是，呂伯奢家人半夜殺豬的過程中，住在他家裡的曹操怎麼可能只聽見磨刀聲，聽不見豬叫聲？他們殺的是「啞吧豬」？

曹操有沒有殺呂伯奢呢？

其實在正史《三國志》中，並沒有記載曹操殺呂伯奢一家的事，甚至連「呂伯奢」都沒有關出章節來講。反倒是裴松之注《三國志・魏書・武帝紀》提到董卓掌權後，曹操「變易姓名，間行東歸」一句時，補註了三條材料，分別是：

《魏書》：「太祖以卓終必覆敗，遂不就拜，逃歸鄉里。從數騎過故人成皋呂伯奢；伯奢不在，其子與賓客共劫太祖，取馬及物，太祖手刃擊殺數人。」（大意是，呂伯奢兒子要行搶，才被曹操反殺。）

《世語》：「太祖過伯奢。伯奢出行，五子皆在，備賓主禮。太祖自以背卓命，疑其圖己，手劍夜殺八人而去。」很接近羅貫中的故事。但沒有說「寧我負人，毋人負我」。

另外就是《孫盛雜記》：「太祖聞其食器聲，以為圖己，遂夜殺之。既而悽愴曰：『寧我負人，毋人負我』」遂行。」沒有提殺了呂伯奢。

其中《魏書》是曹魏時期，王沈與荀顗、阮籍一同撰寫，時間最接近，比起另兩本也比較可信，但想也知道，王沈等人在寫作時，寫的是你老闆，本來對曹魏集團會多有避諱。

但有趣的是，在王沈他們寫《魏書》時，魏國已被司馬氏把持，因此，殺呂伯奢一家之事，很可能在當時只是傳聞，但因司馬氏想篡曹很久，因此就被寫了下來，來凸顯曹操的「壞」。

不過，也要知道的是，寫《三國志》的陳壽是西晉人，但出生在三國時期的蜀漢巴西郡安漢縣（今天四川省南充市一帶），理論上，至少他會比較討厭曹操，如果真有「殺呂伯奢」的事，肯定不會放過；但儘管如此，他都沒有寫殺呂伯奢這一段，可見，傳聞就是傳聞，聽聽就好。

來到「寧我負人，毋人負我」這句話了。

有沒有注意到，裴松之引的三本書中，只有《孫盛雜記》多了「寧我負人，毋人負我！」因此，我判斷羅貫中寫《三國演義》時，讓曹操說出這句話，根據的就是裴松之引的《孫盛雜記》。

但《孫盛雜記》的作者孫盛這傢伙也很搞笑，不但在寫「雜記」時讓曹操說這句混蛋話，而在他寫的另一部史書《魏氏春秋》中，說這句話的卻是司馬昭。《魏氏春秋》提到：「（鄭）小同，高貴鄉公（曹髦）時為侍中，嘗詣司馬文王（司馬昭），文王有密疏，未之屏也，如廁還，問之曰：卿見吾疏乎？答曰：不。文王曰：寧我負卿，無卿負我。遂酖之。」

大意是：鄭小同在皇帝曹髦時代當了個侍中的官，有一次去拜訪司馬昭。司馬昭跑去便便，有一份祕密文件忘了收起來，他回來後問鄭小同：你有沒有看到我的祕密文件？鄭小同說：沒有啊。司馬昭說：「那……歹勢，寧我負你，你不能負我。」於是拿毒酒作掉鄭小同。

就算司馬昭說「寧我負卿，無卿負我」，負的也是鄭小同一個人，不是（所有的）人。

孫盛寫史，也打自己的臉，把「寧我負人，毋人負我」這八個字，一下配給曹操，一下又編派給司馬昭，實在有點離譜。（不知曹操可不可以跟司馬昭要版權費。）

不管你信不信，反正我不信！

第三章

諾貝爾文學獎——爭議的作品作家

一九八〇年代初，遠景的沈登恩出了一套諾貝爾文學獎全集，從一九〇一年的普魯東（René Sully-Prudhomme）到一九八三年的高定（William Gerald Golding），總共出了五十二本。

這套書出了很多年後，我才買了一套，很可笑，當時買這套書的目的，不是為了諾貝爾文學獎作品，而是遠景推出了一個方案，就是買全集，另送一套倪匡科幻小說全集。

是的，我是為了倪匡而買這套全集。因此拿到書後，我只是把它們放到書架上當擺設，倒是倪匡小說反覆都看了兩三遍。

很久很久以後的某個黃昏，看著落日西沉，也不知被餘光照亮了哪根筋，突然良心發現，不想辜負這套被我冷落多年的書，決定拿出來從普魯東開始一本一本讀起……

有幾個帶話題性的得獎人和作品，可以拿出來聊聊。

拉格洛芙（Selma Lagerlöf）

拉格洛芙於一九〇九年獲獎，是歷史上第十位得獎者（一九〇四年有兩人同時獲獎），也是第一個獲獎的瑞典作家。

坦白說，對於由瑞典人辦的文學獎由瑞典作家獲得，我心裡總會「咯噔」那麼一下，心想「肥水不落外人田」嘛，而且一九八三年前，有七個瑞典作家獲獎，且沒有一個是華人，總讓我覺得瑞典人得獎是「勝之不武」。

但在讀完拉格洛芙的得獎作品《尼爾斯的奇遇》（Nils Holgersson's wonderful journey across Sweden）後，不禁感嘆，絕對是實至名歸。

這部小說大意是一個叫尼爾斯的十四歲小男孩，家住瑞典南部，不愛讀書學習，就愛調皮搗蛋，好作弄小動物。

一個春天，尼爾斯獨自在家，因為戲弄一個小精靈，而被精靈作法變成一拇指大小的小人兒。正在此時，一群大雁從空中飛過，尼爾斯騎在家中的一隻鵝身上一起隨著大雁飛。從此，他騎在鵝背上，與大雁周遊瑞典各地。歷時八個月才返回家鄉。

從中穿插了大量瑞典的傳說、童話和民間故事，在大雁飛行中，還介紹了瑞典的地貌和歷史。在趣味的故事中，涵容了瑞典史地的知識。

拉格洛芙的小說是不是最好，讀者品味不同，言人人殊；但她的「致答詞」，在我心目中，卻是一九八三年前最棒的一篇（因為一九八四年後未再出全集，無法讀齊）。

多半的獲獎者都是盛贊瑞典皇家學院或贊美瑞典……其實也是人情之常，但拉格洛芙的「致答詞」，卻講述了搭夜間火車去斯德哥爾摩時，在睡夢中與死去的父親的對話。

對話中，她向父親告解說她欠了一筆債，原來，她是「怪」爸爸開的頭，她帶著怨氣說：「爸爸，你還記得嗎？你以前常彈鋼琴，唱貝爾曼的歌曲給我們孩子聽。每年冬天，至少要朗誦二回泰克內爾、利內貝伊、安德遜的詩……爸爸，那些童話和英雄故事，使我深深愛上我所根植的國家。您教導我們，人們不論活得光榮或不幸，都要同樣地愛他們，受到先人這麼厚重的恩澤，還真不知要如何回報呢！」

藉著「欠債」，感謝了給她文學養份的先輩，包括挪威和俄國的作家，都是她的「債主」……

同樣是感謝，拉格洛芙巧妙而宛轉地將本是普通的致謝客套話，化為對養成她文學心靈各種源頭（瑞典的民間故事、詩人作家，乃至讀者）深深的頂禮。

讀了給我的感受，則是感動。

拉格拉芙是我讀過，最棒的瑞典作家，沒有之一。

羅素（Bertrand Russell）

十八世紀的法國，有一個有錢又獨居的貴婦，她死了之後，人們在她的一個男僕身上，發現了貴婦的一個名貴飾紐，這飾紐是男僕偷來的，但這男僕在接受質問時卻回答，是他很喜歡的某個女僕送他的。結果，人們聽信了他的話，處罰了女僕，害那女僕百口莫辯。

這男僕在日記裡自我辯解道：「邪惡從來沒有比這殘酷的時候那麼遠離我（意思是，他做的是最正確，且符合道德要求的決定）；我之所以控告那可憐的姑娘，其實，是因為我那麼深愛她，在人們質問我時，我把罪過推給了第一個浮在我印象中的人，那就是她。」

有一次，某個學院懸賞徵求關於藝術與科學是否給予人類恩澤這類問題的最佳作品，沒想到，這男僕卻以令人驚訝的否定語氣，贏得了獎金，在文章中，他主張科學、文學和藝術，是道德的敵人，而且，一切科學的起源都是卑鄙，教育和印刷術可悲可嘆……

這男僕的確是市井無賴，但他在歷史上的地位，很特別，他是盧梭（Jean Jacques Rousseau），被譽為「浪漫主義運動之父」。

雖然哲學史家都不敢忽視他的影響力，但對其哲學觀的價值，卻難以恭維，我對他的印象很特別，主要就是來自一九五〇年的諾貝爾文學獎得主羅素（Bettrand Russell），在其《西洋哲學史》中的評斷：「希特勒，是盧梭的結果。」

羅素是諾貝爾文學獎史上第三個以哲學家身分獲獎者（第一個是一九〇八年的奧鏗Rudolf Eucken，第二個是一九二七年的柏格森Henri Bergson），但羅素在爬梳哲學史上的重要人物時，不會掩飾其個人的好惡，使得其《西洋哲學史》別具一格，讀起來沒那麼乏味，從他寫盧梭的一段可見一斑。

邱吉爾（Winston Churchill）

在諾貝爾文學獎歷屆得主中，並不都是文學作家，也有歷史學者得獎者如一九〇二年以《羅馬史》摘冠的蒙森（Theodor Mommsen），也有哲學家如一九〇八年的奧鏗、一九二七年的柏格森和一九五〇年的羅素。

不管是歷史學者、哲學家，畢竟都是人文學者，也算是廣義的文學家，但一九五三年獲獎的邱吉爾（Winston Churchill），卻讓我有點不服。他是以《第二次世界大戰回憶錄》獲獎，二戰時，他是英國首相，寫回憶錄很正常，可邱吉爾終究是政治人物，對結束二戰的確有功，但就算給諾貝爾獎，好像給的也該是和平獎，而不是文學獎吧！

不過，讀完這本《第二次世界大戰回憶錄》後，印象全然改觀。

這本書記述了從二十世紀三〇年代一直到二戰結束後的重大國際事件和進程。由於邱吉爾以戰時首相的特殊身分追憶第二次世界大戰的過程，比起一般史學家採用二、三手材料寫成的有關著作，權威性自然無庸置疑。

但如果只是回憶他的所見所聞，這本書就很普通了，只不過是提供其他史學家論述的材料而已；重點是，邱吉爾在書中還帶入了文學的想像，我必須承認，就是這「文學」的部分，讓我讀起來很過癮。

舉個例子，邱吉爾在描述希特勒與褐衫隊領導人羅姆的「對決」一幕相當精彩，當時希特勒是褐衫隊編制內的黑衫隊的「精神領袖」，換言之，在軍權上，希特勒略輸一籌，但在「奪權」這方面，在邱吉爾的筆下，卻顯出了希特勒的冷酷無情：

> 希特勒赤手空拳走進樓上羅姆的臥室……這完全出乎羅姆的意料之外，羅姆及其僚屬未曾抗拒，即俯首就逮……抵達慕尼黑後，羅姆等

一行人被囚於十年前希特勒曾遭監禁的同一獄中。那天下午開始行刑。羅姆的獄室中，放有一把手鎗，但因為他不敢自戕，等獄卒把獄門打開，幾分鐘內，他全身就為鎗彈洞穿了。整個下午，行刑接二連三舉行。執行鎗斃的八人一班輪值，以減除兵士心理的緊張……有些希特勒衛隊（黑衫隊）人員因為鎗殺囚徒太過熱心，自己反在被鎗斃之列……

這一幕顯然不是邱吉爾親眼所見，他運用了文學的手法，將手頭的資料做了「改編」，營造出緊張與血腥的氛圍，讀下來彷彿都能聞到鎗口冒出的火藥味！

如果對諾貝爾文學獎能接受以一本書獲獎沒有疑義的話，我不能不承認，邱吉爾這本《第二次世界大戰回憶錄》確是一本文學性質夠強，足以為他帶來文學獎榮譽的好書。

賽珍珠（Pearl S. Buck）

有很長的時間，「為什麼沒有中國人（或華人）獲諾貝爾文學獎」的話題每到十月就開始發燒，直到高行健於二〇〇〇年獲獎之後，聲音稍稍變小，但高行健是以法國人身分獲獎，又到了二〇一二年，「中國籍」的莫言獲獎，聲音才算平息。

事實上，瑞典皇家學院一直都有關注中國議題，如果高行健算是「半個」中國人，那麼，在高行健之前，應該還有「半個」中國人得獎，那就是一九三八年的賽珍珠。

賽珍珠是以《大地三部曲》（大地、兒子們、分家）大部頭小說獲獎，這部小說除了諾貝爾文學獎之外，還為她摘下一九三二年的（美國）普立茲小說獎；諾貝爾文學獎當局給她的得獎評語是：「由於她對中國農民生活史詩般的描述，這描述是真切而取材豐富的，以及她傳記方面的傑作。」

以前我看到這評語，心裡有點氣，那時我總想，要找個對中國（農民）描述最貼切的作家，為什麼不在中國作家中去找，而要找個老美？

了解了賽珍珠的成長背景，和這本小說的內涵，我對她的想法有了改變。

賽珍珠的父母是傳教士，一八九二年在美國出生的賽珍珠，幾個月大就跟著父母到中國江蘇鎮江，直到她十八歲（一九一〇）才回到美國讀大學，可以想見，中文其實也可算是賽珍珠的「母語」（她自己也這麼認為）。

一九一四年，大學畢業後，又回到中國（南京），直到一九一九年，她因產後併發症，回美國接受手術，此後，又回到中國生活……

可見得，賽珍珠除了膚色，本質上，她就是中國人。而她生活在中國的年代，正值清末民初，除了極少數的幾個城市，中國基本上是個「大農村」，因此，賽珍珠對中國農村的了解，並不比中國人少。

《大地》（第一部）描寫貧農王龍，娶了地主黃家的女傭阿蘭，阿蘭沉默寡言，吃苦耐勞，甚至在剛剛生完孩子後掙扎著爬起來和丈夫一起頂著烈日在田裡勞作。但王龍嫌她不夠美貌，對她十分冷淡。

王龍在一場動亂中渾水摸魚發了財，靠著阿蘭的幫助，回到家鄉並買了許多田地，富裕起來。他愈發嫌棄阿蘭平庸的外貌，另娶了一個妓女。

慢慢地，他老了，褪去了年輕時的浮躁和野心，惟一的心願就是守住家業。

小說結尾王龍對兒子的一番話，是本書的精髓：「我們從田地來的，我們也得回到田地去——你們保得住田地，才可永遠生活——誰也搶不掉你們的。」

雖是告誡兒子們千萬不能賣地，但理念就是，土地才是最寶貴的財富，是孕育一切生命的基礎。而最後這段話的內涵，就是中國人歷來講的「有土斯有財」，用來對照今天中國人在世界各地買房買地（或說炒房炒地）的情況，並未過時。

賽珍珠在近百年前（書於一九二九年完稿）寫下與中國有關的小說，意義至今未有變質。

她真是一個，比中國還中國的文學作家。

蒙森（Theodor Mommsen）

諾貝爾文學獎的得獎人主要是以文學創作為主，但史上也頒給過三個哲學家，頒給歷史學家的則有一次，就是一九〇二年，以《羅馬史》一書獲獎的蒙森（二〇一六年得獎的Bob Dylan，也是唯一一個歌手獲獎者，但暫不討論）。

蒙森是諾貝爾文學獎第二屆得主，第一屆是法國詩人普魯東（René-François-Armand Prudhomme），其實象徵著皇家學院是很尊崇詩的，第二屆給歷史學家，也有象徵意義，在頒獎辭中寫道：「文學應不僅只包括純文學，也當包括在形式或內容上顯示文學價值的其他著作，這個定義使諾貝爾文學獎得以頒給哲學家，以宗教題材為中心的作家、科學家與史學家……」

換言之，諾貝爾文學獎是認同史學與文學系出同源，就像華人所講的「文史不分家」，例如司馬遷的《史記》，你也可以看成是一部偉大的文學作品。

但我必須坦承，當年遠景出的這套諾貝爾文學獎全集中，我只有蒙森這本《羅馬史》無法讀完，因為裡面的一些地名、人名，我完全陌生，特別是地名，什麼安尼歐、安亭奈、克魯斯圖摩瑞姆……

畢竟不知某個地名在哪裡，就不可能在腦海中構築起地理位置，而順著理解羅馬當年的發跡和沒落，沒有了方向感，讀起來就索然無味！

但我還是要說，既然諾貝爾文學獎不排斥史學家了，為什麼一百多年來，只頒給蒙森，而不考慮給其他的史學家？

事實上，一百多年來，史學界也有扛鼎大師，例如年鑑學派第二代的大師布勞岱爾（Fernand Braudel），他打破傳統以政治和軍事主導的史學，而改以從地理環境出發，探討社會經濟型態，再以這些為基礎，來說明當時的政治軍事等事件，為史學開出新的視野。

華人史家黃仁宇的「大歷史觀」（macro-history），主張通過對當時歷史社會整體面貌分析和把握進行歷史研究。

在著名的《萬曆十五年》中，黃仁宇認為不應該批判歷史人物之善惡，而是把他們放到整個明代社會框架中研究，點出歷史人物和事件背後的邏輯關係與政治文化構架。

不管是布勞岱爾或黃仁宇，為史學開出的格局，意義並不下於那些文學獎得獎作家對文學的貢獻。

但我仍然奇怪的是，皇家學院那麼早就肯定了歷史學家對人文的貢獻，為什麼一百多年來，只頒給蒙森，卻不考慮為史學界開出新局面的史學家？真的想不明白！

卡繆（Albert Camus）〈異鄉人〉

最近收到曾在溫哥華《星島日報》任高級編輯的故友江先聲的譯著《尋找異鄉人》（Alice Kaplan著，台灣大塊出版），懷念的最好方式，就是好好讀書。

由於這本《尋找異鄉人》的主題是藉由一九五七年諾貝爾文學獎得主卡繆（Albert Camus）的名作〈異鄉人〉追溯其一生，如果沒看過〈異鄉人〉，就很難讀懂《尋找異鄉人》。

因此，我又拿出諾貝爾文學獎系列的卡繆重讀其〈異鄉人〉。（《尋找異鄉人》另文介紹。）

這回重讀，有不同的體會。

故事梗概是，穆梭收到了一封「母親死訊」的電報，因此他回到了家鄉處理母親的後事，整個葬禮的過程中，他一滴眼淚沒有流，只是淡漠而無所謂的進行著必要的儀式。葬禮後回家狠狠地睡了一整天。

隔天，穆梭來到遊泳池散心，巧遇前公司的女同事瑪莉，兩人相談甚歡，一起去看電影，並做愛做的事。

鄰居雷蒙邀請穆梭和瑪莉去海邊度假，有個與雷蒙有宿怨的阿拉伯人追到海邊，本來是怕雷蒙做傻事而保管雷蒙的槍的穆梭，卻在獨自散步時，遭遇到那追來找碴的阿拉伯人，結果一不小心開槍打死了對方。在開了第一槍後，停了一陣子，再對一動也不動的屍體又開了四槍。

審判中，人們開始挖出他的過去，包括在母親的葬禮上沒流淚、喪禮的隔天就「約砲」……於是，連檢察官都說出穆梭對於他母親的死，「精神」上有罪的話來。

最後他被判上斷頭台，在臨刑前，穆梭反思他的一生，同時，（似乎）領悟到生與死的差別不大：三十而死和七十而死並沒有多大不同——不管你什麼年紀死，別的男人女人還是照樣活下去……自此展開了穆梭（也是作者）對「存在」的思考（遐想）與論辯。

我在很多年前第一次讀〈異鄉人〉時，想的是法律制度的荒謬：只是在母親葬禮上沒有哭，就認定了他骨子裡就是壞；只是因為葬禮第二天就找情人尋歡，就認為他人格扭曲……這樣的法律如何讓人信服它能站在「事件本身」去判斷，又如何能公正。

但這次再讀，又有另一層體會，這次我關注到的是穆梭臨刑前的思考，而重點則是最後一段：我似乎了解了為什麼她（母親）到生命即將燃盡的時刻還交了一個「未婚夫」；為什麼她還想從頭開始……世界上沒有一個人有權為她哭泣。

死亡，或許是一種「重新開始」。

而對於即將走向死亡的自己，穆梭這樣想，「我也同樣感到準備好了把生命完全重新開始」。但他（終於）了解自己畢竟是個心理變態的「殺人犯」，因此，最後他把「唯一剩下的希望」就留給世俗——我被處決那天，會有一大群觀眾圍觀，他們會用咒罵和咆哮來迎接我。

死又成了一種嘲諷，那麼，重生是否就意味著洗滌？值得再深思的結尾！

《尋找異鄉人》（江先聲譯）

懷念故友，請容許我在文章開頭，先簡單介紹譯者：江先聲，是美國威斯康辛大學哲學博士，在香港和加拿大出版界及媒體任職近三十年，二〇一四年因健康因素離開溫哥華《星島日報》後，專事翻譯。二〇二〇年辭世，生前譯著除了《尋找異鄉人》，還有《我們在存在主義咖啡館》、《故事寫作大師班》、《電影大師柯波拉：未來的電影》等。

顧名思義，《尋找異鄉人》主要是追溯卡繆名作《異鄉人》寫作的足跡。

我驚訝的是，在讀《異鄉人》時並沒有很特別注意種族的問題，但或許因為最近北美仇視亞裔的妖風很盛，在讀《尋找異鄉人》時，對作者不斷追蹤小說中被敘述者穆梭殺死的「那個阿拉伯人」特別有感，「那個阿拉伯人」在《異鄉人》中無名無姓。

而Alice Kaplan厲害的是，她把《異鄉人》中將上斷頭台的死刑犯穆梭第一人稱敘述的技巧，找到了原型，就是James Cain的《郵差總按兩次鈴》

（The Postman Always Rings Twice）。

在《郵差總按兩次鈴》中，則是將要進入毒氣室的死刑犯法蘭克來主述。

有趣的是，法蘭克每當跟他通姦的戀人柯拉，談到被他殺死的帕帕達奇斯（柯拉的丈夫），總是說「那個希臘人」。

James Cain的犯罪小說的背景是加州族裔緊張的關係，把帕帕達奇斯說成是「那個希臘人」，是有意為族裔仇恨定調。

而卡繆在《異鄉人》中藉由敘述者穆梭的口，指稱被殺的是「那個阿拉伯人」，按照Alice Kaplan的說法，也是為營造一種類似效果。

看起來，「那個阿拉伯人」只活在小說中，而非現實的存在。

但《尋找異鄉人》最後，竟然真的找到了「那個阿拉伯人」，那是發生在一九四二年七月八日阿爾及利亞（卡繆的母國）Orleansville的一件命案，一個歐洲人開槍殺了一個被懷疑搶劫的「阿拉伯人」。

而這個死去的「阿拉伯人」，有個兄弟，後來向另一個作家講述了他被殺的兄弟的故事，當然，最重要的是，他是有名字的，《尋找異鄉人》在書尾寫下了「那個（或這個）阿拉伯人」的姓，叫哈倫（Harun）。

卡繆（Albert Camus）〈瘟疫〉

諾貝爾文學獎這邊，基本上一次只介紹一位，上次因收到故友江先聲的譯著《尋找異鄉人》，而介紹了卡謬，與他的小說〈異鄉人〉，但新冠肺炎（COVID-19）疫情未過，而台灣又爆發新的疫情，促使我再拿出卡繆的名作〈瘟疫〉重讀，感受更深。

〈瘟疫〉寫的是鼠疫（或稱黑死病），卡繆小說是從一個叫李爾醫生從診所出來時，不小心踢到一隻死耗子開始，本來李爾沒怎麼放心上，但他隨口跟門房密歇爾提到死耗子的事時，密歇爾的反應讓李爾一怔，因為密歇爾堅持這棟樓「沒有耗子」。

慢慢地，大街上開始有耗子屍體，且越來越多，李爾才驚覺不對頭，最後連堅持沒有耗子的密歇爾也染疫而亡，一場瘟疫真真正正地撲天蓋地而來。

小說內容不是我要聊的重點，但在卡繆鋪陳〈瘟疫〉時，有些情節與今天的COVID-19疫情有些相似，值得一提。

例如有一段是李爾與另一個醫生理查在市政官員面前辯論要不要採取非常措施時，理查的立場是「不要過分悲觀，這疾病沒有證據證明有傳染性」，同時，如果要由法律採取預防辦法，就需要「官方承認黑死病已蔓延」。

李爾回了一句話，今天聽來還是很熟悉：「問題的所在，不是我用什麼名稱，而是我們要爭取時間去防堵它。」

市政官員呼應的話成了重點：「即使它不是黑死病，（現在情況那麼糟糕）法律用來應付黑死病所採取的手段必須實施了。」

是不是很像……呃！我承認我很鄉愿，就不明說了。

還有一段，卡繆寫道，「當黑死病的第二個星期，宣布有三百零二人死亡，竟沒有在市民的想像中激起任何漣漪……因為城裡的居民對死亡率沒有概念，二十萬的居民，沒有任何參考資料讓我們知道死亡率有什麼異常。」

只有當時間慢慢過去，死亡率的增加無法再忽視的時候，公眾才開始注意，但大部分市民還是認為那只是「偶然事件，儘管令人不愉快，但只是暫時而已」，因此馬照跑、舞照跳，甚至拿疫情開玩笑的比因疫情而哀愁的人更多。

於是，接下來的一連串與民生攸關的慘劇逐步發生，交通量縮減、商店倒閉……都與今天的情況一模一樣。

對那些坐在冷氣房「樂觀」討論外面疫情如何如何，以及那些所謂「反口罩」的示威人士，〈瘟疫〉中有一小段金句，值得深思，「一個死人，除非你真正看著死掉，便沒有實質意義；而從歷史上向我們傳聞出來的一億具屍體，在想像裡不過是一縷輕煙。」

我想說的是，如果不相信疫情很糟糕，請親自去第一線病房，看看那些在艱難呼吸與停止呼吸之間掙扎的病患吧！

第四章 五四詩人群

我自己的文學初戀是「詩」，寫的那種「東西」被叫做現代詩，有時也叫新詩，而我個人，則偏好稱「自由詩」，不過，我也不排斥「現代詩」和「新詩」的稱呼。

因為「現代」這個詞，到了數百年後，再叫「現代」，就很奇怪，而「新」，再數百年後，還能叫「新」嗎？至於「自由」，強調的就是寫作時，使用語言文字，乃至押不押韻，都隨意，也都自由，即使數百年數千年後，仍然「自由」，除非你用另一個詞來代替「自由」，或叫「隨意詩」、「任意詩」都可。

今天的「自由」詩，之能自由，其實最早得溯源到晚清的外交家黃遵憲，他不經意的一句「我手寫我口，古豈能拘牽」，原意是期勉詩人不要忌諱把現代的東西寫進詩裡——如火車、電話……給了古典詩人無限的聯想。

到了五四白話運動，五四那批寫白話詩的詩人作家，絕大部分都有留學西方的教育背景，受到西方不同詩風的影響，便想在推展白話文學同時，也把白話入詩，期使讀者都能不經由翻譯，即了解詩中講什麼，胡適的《嘗試集》，是中國詩史上第一本白話詩集，後來因政治將兩岸分隔，同時也派生出了不同的風格。

在一九八〇年代中，隨著兩岸的開放，兩岸不同的詩風貌也攤在彼此的面前，讓兩邊的讀者能感受到不同政治制度下的作品風格，特別是語言方面，洛夫、鄭愁予、楊牧……的語言和顧城、北島、舒婷……明顯不同，也與香港如蔡炎培、戴天等人的詩風不同。

兩岸三地詩歌相互影響，相互融匯，在在使得自由詩也一步步壯大（但是否成熟，我持保留）。

但不可否認，要談現代詩或自由詩，回頭去看看那批五四詩人的作品，是很有意義的，算是飲水思源也好，或者只是看看來時路，都能體會出自由詩發展的艱辛。

胡適——新詩開門人

要談白話新詩，勢必要提胡適，雖然胡適的成就主要不在文學，更不在新詩，但中國第一本白話詩集，就是他的《嘗試集》，顧名思義，《嘗試集》的宗旨在「嘗試」，主要是為後來的新詩發展「開門」，他也搶了個開門紅。

從今天的角度來看，胡適的詩，不算成熟，而他打破古典詩的格律，卻又謹守著押韻的分寸，似乎還顯得扭扭捏捏，例如這首〈老鴉〉：

我大清早起，
站在人家屋角上啞啞的啼。
人家討嫌我，說我不吉利；
我不能呢呢喃喃討人家的歡喜！

天寒風緊，無枝可棲。
我整日裡飛去飛回，整日裡又寒又饑。
我不能帶著鞘兒，翁翁央央的替人飛；
不能叫人家繫在竹竿頭，賺一把黃小米！

原詩是分成兩首。

如果我們把每首當絕句來看的話，絕句一般規定二句和四句必押韻（一句可押可不押，但詩人多半會選擇一、二和四押韻），這首〈老鴉〉第一段四句可是全押了，而第二大段，也遵守絕句規矩，僅第三句（飛）未押。

〈老鴉〉很容易理解，真的非常「白話」，以擬人化第一人稱，將自己與老鴉合而為一。

第一段以自己的「啞啞」啼叫對比教人喜歡的「呢喃」，但「啞啞」是牠與生俱來，無法選擇，無奈，也沒辦法。

到了第二段，又寒又飢，對比「賺一把小黃米」，更凸顯老鴉的「悲劇性格」。

整首詩不難理解，讀來似也能對這「老鴉」一掬同情之淚，算是《嘗試集》中難得的佳篇。

還是看得出來，他為後來的詩人們開的這扇「自由」之門，其實只開了一半，現了一線光，但已夠了，後來者很輕易就將另一扇門推開，迎向詩的新世界。

劉半農——散文詩先驅

一談到劉半農，大部分讀者的腦海裡應該會響起這首歌：「天上飄著些微雲，地上吹著些微風。啊！微風吹動了我頭髮，教我如何不想她……」，歌詞是劉半農的一首詩〈教我如何不想她〉。

意境很美，也符合劉半農一向求「真」的詩觀，與胡適一樣，他們都認為好的作品應該植根於方言，因此他主張詩的形式可以多樣化、口語化，也是很容易想得到，包括他自己的作品，主要也是從民間生活而來，從民間找文學的感動。

例如這首〈相隔一層紙〉：

屋子裡攏著爐火，
老爺分付開窗買水果，
說「天氣不冷火太熱，
別任它烤壞了我。」

屋子外躺著一個叫化子，
咬緊了牙齒對著北風喊「要死」！
可憐屋外與屋裡，
相隔只有一層薄紙。

用屋裡烤著爐火還嫌熱的「老爺」，對比屋外凍得要死的「叫化子」，凸顯出民國初年的貧富差距。

這種對比手法，今天來看並不稀奇，也算是初習寫詩時的「基本功」，但考量到白話新詩剛剛開始，詩人們都在摸索不同的寫作手法的情況，這首〈相隔一層紙〉，還是頗為耐讀的。

這層「薄紙」，一方面講那個年代的「紙窗」，但也因為「薄」，而讓貧富之間的距離，顯得那麼近，近到容易被戳破，又遠到彼此無法企及。

在讀到劉半農的小傳時，我驚訝的是，現在不少人從事的散文詩這種體例，竟然早在劉半農那個時代就有了（我一直以為是從商禽開始），底下舉一首〈其實……〉：

> 風吹滅了我的燈，又沒有月光，我只得睡了。
>
> 桌上的時鐘，還在悉悉的響著，窗外是很冷的，一隻小狗哭也似的嗚嗚的叫著。其實呢，他們也盡可以休息了。

詩的語言，坦白說，很散文，詩味少，但於今看來，劉半農的「實驗」

精神，相當可佩。

康白情——獨特的相思

在五四詩人中，康白情的知名度略低，一生僅出過一本詩集《草兒在前》（一九二九年），但他有一首詩，卻相當有名，先介紹，這首詩題叫〈窗外〉：

窗外的閒月
緊戀著窗內蜜也似的相思。
相思都惱了，
她還涎著臉兒在牆上相窺。
回頭月也惱了，
一抽身兒就沒了。
月倒沒了；
相思倒覺著捨不得了。

這首詩很特別地方，在他的「擬人」手法。

對於詩人來講，「擬人法」並不是個陌生的手法，甚至可以說是基本功，就像你學功夫，蹲馬步是基本功一樣，很多詩人都會用。

不過，一般詩人拿來「擬人」的物品，通常是實體，例如牛馬狗羊虎豹魚……等動物，或者西瓜蘋果梨松石頭流水……等「靜態」的水果或其他實物，這些物品對讀者來講，因為有「實體」，比較容易聯想。

但〈窗外〉一詩特別的是，被康白情「擬人」的東西，除了「月」是我定義中的「實物」外，另一個被「擬人」的則是很虛無的「相思」。

詩寫月與相思像是在玩捉迷藏一樣，在屋裡屋外跑來跑去的感覺，趣味十足。其實，相思的還是「人」，詩沒有提到有相思的，是男還是女，但第四句「她還涎著臉兒在牆上相窺」，用「她」代替「月亮」，依閱讀習慣，相思的主體多半就是男的。

不管如何，讀者初初看到相思這個「人」時，腦筋恐怕還是得先轉一下，才能讀出詩趣，讀者可以慢慢體會。

康白情在一九一七年入北大，兩年後，大概讀到大二，就與羅家倫、段錫朋、周炳林及汪敬熙以北大公費赴美留學，入讀加州大學。

一九二六年回中國後，在山東大學、中山大學、廈門大學任教，一九四九後，康白情先後在中山大學、華南大學擔任教授。但一九五七年被劃為右派分子，一九五九年病逝。

宗白華——詩有哲學意趣

宗白華是五四詩人群中少數的留「德」派，一九一八年於同濟醫工學堂（一九二七年改為同濟大學）醫學預科畢業，兩年後（一九二〇年），赴德國留學。

他先在法蘭克福大學哲學系學習，第三學期轉至柏林大學學習美學、歷史哲學。

他的著作中，影響後世最大的，主要是美學，被稱為「中國現代美學的先行者和開拓者」，我大學時就讀過他的《美學散步》。他是二十世紀唯一一個建立了自己美學體系的中國美學家，與朱光潛並稱為二十世紀中國美學界的「雙峰」。

宗白華的詩歌創作，只留下一本《流雲小詩》（一九四七）。顧名思義，他的詩作篇幅不長，加上他的哲學背景，他的小詩，幾乎都能讓人咀嚼再三，很能讓人融入其間，去思考去玩味。

例如這首四行詩〈晨興〉——

太陽的光
洗著我早起的靈魂。
天邊的月
猶似我昨夜的殘夢。

早起有太陽，有時月亮也會在一邊淡淡的亮著，這時，在詩人眼中，月亮猶如「昨夜的殘夢」，還沒有消散。

這是寫景，但也可以說是寫情，端看你讀這首詩的心情。

另外一首相當討人喜歡的七行詩〈解脫〉——

心中一段最後的幽涼

幾時才能解脫呢？
銀河的月，照我樓上。
笛聲遠遠吹來——
月的幽涼
心的幽涼
同化入宇宙的幽涼了

有人說它的意象很精致，意義紛繁……其實在我眼中，它講的只是詩人的心情（幽涼），但因為這「幽涼」是屬於自己的心，也屬於月（當然，可能是詩人的一廂情願），化入宇宙的「幽涼」。很有東坡詩句「靜故了群動，空故納萬境。」（送參寥詩）的意味：因幽涼而「納宇宙」。是一種禪理，有著哲學的況味。

一旦進入其境界，再走出來，心靈也彷彿被洗滌了一遍，世間萬物一下子就被拋離得很遠很遠。

廢名——佛理入詩

廢名於一九〇一年十一月九日生於湖北黃梅，其家境殷實，但自幼多病。童年受傳統私塾教育，一九一七年考入國立湖北第一師範學校，接觸新文學，被新詩迷住，立志「想把畢生的精力放在文學事業上面」，畢業後留武昌任小學教員，期間開始與周作人交往。

一九二二年，考入北京大學預科英文班，開始發表詩和小說。在北大讀書期間，廣泛接觸新文學人物，參加「淺草社」，投稿《語絲》。一九二五年十月，廢名出版第一本短篇小說集《竹林的故事》。

廢名被認為是周作人的弟子，在文學史上被視為京派代表作家。

這篇一開頭從維基百科找到並先介紹廢名的經歷，原因是，我對他真不太熟，但我手邊有一本《廢名詩集》，想拿出來談談他的詩作。

在引他的詩作前，必須先了解到，廢名對於佛學有相當的研究，著有《阿賴耶識論》，專門探討佛學中的唯識論。他的哲學研究並沒有受到太多注意。但他把很多高深的佛教理念帶進了詩中，成了他的風格。

例如這首〈眼明〉——

我擰著閒愁掐一朵花，
撚在我手上明眼的看，
也算是在我的黃昏天氣裡
點一點胭脂。

坦白說，要了解這首詩，並不容易，我只能猜，詩人把黃昏視做閒愁，掐一朵花，讓花為這無端的閒愁，添一點色彩（胭脂）。如果要展開其義，也可以解做，如果你能細細對待（明眼的看）每件事物，這些事物便會如花一般，豐富我們的生命。

廢名的詩超過十行的不多，小詩的特色就是將意義或多個意象壓縮到短短的詩行，寫得不好，不但難懂，也很難看，寫得好的，就耐人尋味，百讀不厭，例如這首〈雞鳴〉——

人類的災難
止不住雞鳴，

村子裡非常之靜，
大家唯恐大禍來臨。
不久是逃亡，
不久是死亡，
雞鳴狗吠是理想的世界了。

我認為把意象壓縮得很好，我的看法是，廢名寫的是一個可能即將被屠戮的小村（在抗日時代，可以想像），在大禍（大屠殺）來臨之後，就是逃亡和死亡，但大禍來臨之前的一刻，很安靜，是風雨前的那種寧靜，但這種安靜很令人害怕，在這一刻，只有「雞鳴狗吠」是理想的世界，因為雞和狗都不會識得人間憂患。

戰爭時間的肅殺氣氛，〈雞鳴〉已說盡。

聞一多——小詩討喜

聞一多生於光緒二十五年（一八九九），原名聞家驊。一九一二年考入北京清華學校，一九一九年五四運動中積極參加學生運動，被選為清華學生代表，出席在上海召開的全國學生聯合會。一九二〇年四月，發表第一篇白話文〈旅客式的學生〉。同年九月，發表第一首新詩〈西岸〉。

一九二二年七月赴美留學。一九二三年九月出版第一本新詩集《紅燭》，具有唯美傾向。一九二五年五月回國。一九二八年一月出版第二本詩集《死水》。一九三〇年深秋去山東任青島大學文學院院長兼國文系主任。一九三二年八月回北平任清華大學國文系教授。

抗日戰爭爆發後，隨校南遷，與學生一起從長沙步行到昆明，此後在西南聯大任教八年。

抗戰勝利後出任民盟中央執委，經常參加集會和遊行。一九四六年七月十五日在悼念李公樸先生大會上，憤怒斥責國民黨暗殺李公樸的罪行，發表了著名的〈最後一次的講演〉，當天下午即被國民黨特務殺害，得年四十七。

他最有名的詩作，要屬〈死水〉，「這是一溝絕望的死水／清風吹不起半點漪淪／不如多扔些破銅爛鐵／爽性潑你的剩菜殘羹」，第一段，給我的直覺，寫的就是一個臭水溝。

由於聞一多身處的時代之特殊，很容易讓人聯想，寫的就是當時的中國；但梁實秋認為，這首詩寫作時期，聞一多正在讀英國詩人白朗寧（Robert Browning），對白朗寧詩歌偏向「醜陋」的寫法極感興趣，才寫下〈死水〉這樣「醜陋」的作品。

我對白朗寧的詩作不熟，不好評論梁實秋的說法對不對；但聞一多一些小詩，其實也滿討喜的，特別在描寫小物件時，很能在幾個意象中，準確抓住該物件精髓，例如這首〈火柴〉——

這些都是君王底
櫻桃豔嘴的小歌童：
有的唱出一顆燦爛的明星，
唱不出的，都拆成兩片枯骨。

一根小小火柴棒，那使用了紅磷的火柴頭，就像「櫻桃豔嘴的小歌童」，點燃時，那小小火光就像「一顆燦爛的明星」，但火苗熄滅，剩下的火柴棒就像被「拆成兩片枯骨」了。

形容精準。但你要不要去解釋成「繁華總是短暫，最後留下的就是枯骨」，然後領略了人生，就像〈死水〉一詩那樣，言人人殊，完全看解讀者。但那不是詩人的工作，詩人只負責好好精準描寫。詩一旦完成，如何解釋，就是讀者的事了。

朱湘——詩寫出命運

朱湘於光緒三十年（一九〇四）出生於湖南省沅陵縣，字子沅，一九二七年九月赴美國留學，先後在威斯康辛州勞倫斯大學、芝加哥大學、俄亥俄大學學習英國文學等課程。那裡的民族歧視激發了他的民族自尊心和愛國熱情；他幻想回國後開「作者書店」，使一班文人可以「更豐富更快樂的創作」。他學業未完，便於一九二九年八月回國，應聘到安慶安徽大學任英國文學系主任。一九三二年夏天去職，以寫詩賣文為生。終因生活窘困於一九三三年十二月五日晨在上海開往南京的船上跳江自殺。

可能是因我對他的故事太有所感了，他的作品讓我印象最深刻的就是這首〈葬我〉——

葬我在荷花池內，
耳邊有水蚓拖聲，
在綠荷葉的燈上
螢火蟲時暗時明——

葬我在馬纓花下，
永做芬芳的夢——
葬我在泰山之巔，
風聲嗚咽過孤松——

不然，就燒我成灰，
投入泛濫的春江，
與落花一同漂去
無人知道的地方。

第一段前兩句，似乎暗合了他的死與「水」有關，最後一段，「投入泛濫的春江」，根本就是現實中他跳江而死的「文字版」。

類似這種以設想死後場景，來鋪陳一己情感的作品，可能以余光中〈當我死時〉較為人知：「當我死時，葬我，在長江與黃河／之間，枕我的頭顱，白髮蓋著黑土／在中國，最美最母親的國度……」

但事實上，英國十九世紀女詩人羅塞提（Christina Rossetti）就寫過〈當我死去的時候，親愛的！〉（When I Am Dead, My Dearest），後來羅大佑還根據徐志摩翻譯的版本譜寫成民歌——非常好聽。

余光中心心念念在中國，作品能反映其精神面貌；羅塞提是因失去愛情，讓她後來的作品與死亡分不開。

而朱湘最令人感嘆的則是，他是被生活所逼而潦倒，這使得他的死（自殺）與〈葬我〉成了一體之兩面，對照來讀，讓人驚奇，更讓人感到唏噓不已。

馮至——十四行詩高手

馮至，原名馮承植，一九二七年北大德文系畢業。就讀北京大學期間，加入林如稷的文學團體淺草社（一九二三），並和楊晦、陳翔鶴、陳煒謨等成立沉鍾社（一九二五）。一九二七年畢業後，他到哈爾濱一中從教。一九三〇年留學德國，一九三五年獲得海德堡大學哲學博士學位。

一九三六年至一九三九年任教於同濟大學，一九三九年至一九四六年在西南聯合大學外文系任教，一九四六年至一九六四年在北京大學西語系任教，曾出任系主任。一九六四年九月調任中國社會科學院外國文學研究所所長。

馮至最有名的是他的十四行詩，一九四二年出版的《十四行集》是他這方面作品的精緻呈現。瑞典漢學家、諾貝爾文學獎終審評委馬悅然就說：「我喜歡馮至的十四行詩，那個時候很多人反對他那樣的寫作，用借來的意大利或者英國的格律就不合適。但是我覺得他寫得好，真的朦朧詩，朦朧得要命。」

馮至作品，尤其是《十四行集》，受里爾克（Rainer Rilke）影響很大，里爾克的詩歌充滿孤獨痛苦情緒和悲觀虛無思想；影響之下，馮至的作品一逕想表現那種虛無感（無關樂觀悲觀），就會變得如馬悅然所言的「朦朧」，再深思也不一定懂。

例如，「我永遠不會忘記／西方的那座水城，／它是個人世的象徵，

／千百個寂寞的集體。」（第五首），先不去管寫是哪座城（假設威尼斯吧），「寂寞的集體」可以懂，他是假設每個人都是寂寞的「個體」；但「人世的象徵」這一句就不易理解，擺在第三句，顯得很突兀。

比較起來，我倒是比較喜歡馮至那些「清新易懂」的作品，如這首〈橋〉——

「你同她的隔離是海一樣地寬廣。」
「縱使是海一樣地寬廣，
我也要日夜搬運著灰色的磚呢，
在海上建築起一座橋樑。」

「百萬年恐怕這座橋也不能築起。」
「但我願在幾十年內搬運不停——
我不能空空地悵望著彼岸的奇彩，
度過這樣長、這樣長久的一生。」

全詩以一問一答方式進行，講心有所愛的人，即使距離再遙遠，也願意想盡辦法到「她」身邊，因為，「愛情」（也可衍伸出所有的情感），不能用「遙望」，來「度過這樣長、這樣長久的一生」，而是身體力行，去長相廝守。

想法很簡單，不就是一股愚公移山精衛填海的精神，也要與愛人在一起嘛！

但意味很雋永。

戴望舒——雨巷詩人

生於光緒三十一年（一九〇五）的戴望舒，一九三二年赴法國留學，留學期間，翻譯了不少外文著作，像《蘇聯文學史話》、《比利時短篇小說集》和《意大利短篇小說集》等，另外還研讀了西班牙作家的許多小說集。

留學兩年多後，一九三五年春天，由於參加了法國和西班牙的一些反法西斯遊行，戴望舒被學校開除，「此地不留爺，自有留爺處」，於是便啟程回國。一九三六年起任教於同濟大學。一九三六年六月，與穆時英的妹妹穆麗娟結婚。

戴望舒長期患有哮喘病，平時便自行注射麻黃素以緩解症狀。一九五〇年二月二十八日，在自行注射麻黃素後，卻因藥物過量導致昏迷，經搶救無效，死時才四十四歲。

一般都認為他的詩屬象徵派，以音節和色彩見稱，卻沒有象徵派「難懂」（可比較李金髮作品）的毛病，代表作是〈雨巷〉，不過，他的作品中，我最喜歡的是底下這首〈蕭紅墓畔口占〉——

走六小時寂寞的長途，
到你頭邊放一束紅山茶，
我等待著，長夜漫漫，
你卻臥聽著海濤閒話。

蕭紅是五四時期，很有才華的小說家，魯迅相當推崇，我很喜歡她的《呼蘭河傳》和《生死場》。

她一生相當悲苦，一九四二年流亡到日軍已佔領的香港，一月十二日，住進香港島跑馬地養和醫院。次日手術，術後發現是醫生誤診。一月十八日中午，轉到瑪麗醫院。下午安裝喉口呼吸銅管，無法說話。一月十九日夜，寫下「我將與藍天碧水永處，留得半部『紅樓』給別人寫了……半生盡遭白眼、冷遇，身先死，不甘、不甘！」一月二十二日病逝，死時才三十歲。

因為死得太早，無法寫太多作品，這是蕭紅的遺憾。

前兩句寫詩人「寂寞」地去探望蕭紅墓，其實是暗合蕭紅死時一樣「寂寞」的情狀，包括「長夜漫漫」，也是與蕭紅寫下絕命詞的時間（夜）相合。最後「臥聽著海濤閒話」，則寫出了蕭紅死後的寂寞，呼應了她死前的寂寞（有人說死時其夫婿端木蕻良並不在身邊，但端木蕻良否認）；整首詩從詩人前往尋訪蕭紅墓就開始瀰漫著「寂寞」的氛圍。

了解蕭紅的背景，再讀戴望舒這首詩，感觸很多。

李金髮——影響深遠的象徵派

在五四詩人群中，整體來講，李金髮的詩，我本來不太敢談，因為，我坦承，他的作品我一大部分看不懂。看不懂的作品，談起來就很彆扭。

但又不能不談他，因為他的作品的確影響到後來不少人。甚至後來的朦朧詩也有李金髮的味道。

李金髮，本名李權興，又名李淑良，廣東梅縣人。少年負笈香港，一九一九年乘勤工儉學的風潮，進入巴黎美術學院學習藝術，主修雕塑。歐洲留學期間，李金髮創作了三本重要的詩集《微雨》、《食客與凶年》、《為幸福而歌》，奠定在中國詩壇的地位。

那段留歐經歷，讓他接觸到法國象徵詩派，可想而知，他不但深受影響，也受到二十世紀初期歐洲詩壇的影響。使用的語言，（對當時來講）相當詭異，他按他所認知的象徵主義技巧寫詩，就此成為「中國現代象徵派詩歌的開山鼻祖」。

前面講過，李金髮的詩以詭異聞名，胡適曾說，李金髮的詩是「笨謎」，蘇雪林則毫不客氣地說：「我讀不懂那些詩，猶之乎我讀不懂巫婆的蠱詞，道士的咒語，盜匪的切口（按，切口，即江湖黑話）。」

雖然李金髮晚年曾提到年輕時的詩作，是「弱冠時的文字遊戲」，但其實，李金髮仍有些清新可愛的小詩，還是值得介紹，例如這首〈律〉——

月兒裝上面幕，

桐葉帶了愁容，
我張耳細聽，
知道來的是秋天。

樹兒這樣消瘦，
你以為是我攀折了
他的葉子麼？

讀完這七行就知，題目的「律」，不是音律，也不是律法，而是大自然的規「律」，「樹兒消瘦」的原因，詩人以反問「你以為是我攀折了／他的葉子麼？」作結，其實，答案不明說也知道，是題目的「（規）律」。

那畢竟是大自然的規律，那麼，看到第一段的「愁容」，也就不必跟著難過了。

徐志摩——多情而浪漫

要談五四詩人，就不能不談徐志摩。徐志摩在五四詩人中的位置，大概就像李商隱在唐詩中一樣，不一定是最好（畢竟文無第一），但風格自成一家。

他與胡適、聞一多、梁實秋等人於一九二三年創建新的文學團體：新月社。一九二五年，徐志摩接編《晨報副刊》後，開始形成了新月詩派，成為了現代詩史上一個重要的詩歌流派，人稱「新月詩派」或「格律詩派」。

可想而知，徐志摩帶領這樣的詩派，他寫詩自然也很注重格律和音韻，即是講究語言的音樂美。

不過，徐志摩的詩在取材上重視意境的創造，用字遣詞華美豔麗如李商隱。

又因為他受西方教育甚深，難免受到西方世紀末唯美主義、印象主義思潮較多浸染，因而有些詩寫得晦澀、神祕，情緒感傷，語言顯得雕琢，詩作呈現比較複雜的面貌。

嚴格說，因為其才情太高，雖然他的作品不管取材或格律音韻都很容易模仿，但想要超越，則很難。

我們認識他的作品多半是那些早被譜曲的「浪漫」作品，例如〈再別康橋〉、〈偶然〉、〈海韻〉、〈我不知道風是在哪一個方向吹〉等等。

其實，他也有很寫實的作品，例如這首〈生活〉——

陰沉，黑暗，毒蛇似的蜿蜒，
生活逼成了一條甬道：
一度陷入，你只可向前，
手捫索著冷壁的粘潮，

在妖魔的臟腑內掙扎，
頭頂不見一線的天光
這魂魄，在恐怖的壓迫下，
除了消滅更有什麼願望？

徐志摩在一開始便以積怨已久的態度點出了生活的恐怖：「陰沉，黑暗，毒蛇似的蜿蜒／生活逼成了一條甬道」。

接下來，幾乎都是對「生活」之殘忍的「控訴」，什麼「在妖魔的臟腑內掙扎，頭頂不見一線的天光」，又是「恐怖的壓迫」……，最後以「除了消滅更有什麼願望」作結，傳遞了作者面對生活壓力的無奈情緒。

北島曾有一字詩，詩題〈生活〉，內容只有一個字：「網」，想傳遞的，也是徐志摩的「生活」心情；只是一個「網」字看似新奇，但無法讓人（讀者）感覺到生活之苦，勉強就是感到「很忙」（忙就無法打動人心了）；但忙與苦是兩個不同的概念，因為中間缺了很多構成這「網」的元素。而這些元素，在北島前面的徐志摩已幫他寫好了。

才情欠缺的北島，想要寫但又無法寫出徐志摩那樣的體會，只能粗略地寫下一個字來吸睛，想想也是情有可原！

朱自清——打造光明

先別吐槽我，我知道我知道，在五四作家中，我知道朱自清主要是以散文取勝，但由於上次我們講了徐志摩，在五四作家中，徐志摩與朱自清往往並稱，就像唐詩的李杜，宋詞的蘇辛，因此，我想放到詩人群來講。

朱自清一八九八年十一月二十二日，原名自華，號秋實，後改名自清，字佩弦，原籍浙江紹興，出生於江蘇省東海縣（今連雲港市東海縣平明鎮），一九一六年中學畢業後考入北京大學預科。一九一九年開始發表詩歌。因此，他的文學初戀，就是詩，所以，放進五四詩人來聊，也無不妥。

一九三一年，留學英國，並漫遊歐洲數國，著有《歐遊雜記》《倫敦雜記》。一九三二年歸國，繼任清華大學中文系教授兼系主任。一九四八年八月十二日因胃穿孔病逝於北平，年僅五十歲。

他的散文是白話文學的標竿，一九二三年寫下的〈槳聲燈影裡的秦淮河〉，被譽為「白話美術文的模範」，我們從中學時代就讀過的〈背影〉更是寫親情的經典。

只是朱自清的詩作不多。目前所見的資料，除了長詩《毀滅》之外，他沒有單本詩集，一九二二年出的《雪朝》是與俞平伯、鄭振鐸等七位主力也不在詩的學者作家的詩合集，這本《雪朝》收錄有朱自清十九首詩作。另外還有一九二四年出的詩文集《蹤跡》有幾首。

不同於其散文對景物精致的描繪，朱自清的詩作多半「指向性」很強，相當明朗易懂，很清楚的把意念寫給你看。

這首〈光明〉相當典型——

風雨沉沉的夜裡，
前面一片荒郊。

走盡荒郊，
便是人們的道。
呀！黑暗裡歧路萬千，
叫我怎樣走好？
「上帝！快給我些光明罷，
讓我好向前跑！」
上帝慌著說，「光明？
我沒處給你找！
你要光明，
你自己去造！」

此詩作於一九一九年十一月二十二日，也就是五四運動發起那年，後收錄在詩文集《蹤跡》中；想像那個時代的紛亂，很容易讀懂朱自清這首詩想表達的意念，就是要爭取國家的富強（光明），根本不用求人（上帝），只能靠自己。

這首詩這個意念，在那個年代，很能激發人心。

說實話，看今天的世局，又何嘗不是如此。特別是在二〇二二年。

饒孟侃——時代在他的詩裡

饒孟侃，字子離，一九〇二年生於江西南昌。一九一六年到一九二四年，先後在北京清華學堂和清華大學讀書；畢業後赴美國，入芝加哥大學研究。二〇年代末至三〇年代初，寫作甚勤，並與聞一多、朱湘、徐志摩等過從甚密，常在一起探討新詩的形式、格律及創作問題。也曾參與編輯《新月月刊》。

在學成歸國之後，饒孟侃一直從事英語教學工作，教授英語、英國文學、英國詩歌、莎士比亞以及英漢互譯等課，一九六七年因胃癌去世。

他的詩作主要集中在青年時期，一九四九之後，留在大陸的饒孟侃，創作主要是近體詩。

一般對他作品的總體評價是，詩意象單純，感情濃重，樸實自然，反映了他在創作上的一貫追求：本質的醇正、技巧的周密和格律的謹嚴。

這個總評，在他的〈呼喚〉詩中，有點像又有點逆反——

有一次我在白楊林中，
聽到親切的一呼喚；
那時月光正望著翁仲，
翁仲正望著我看。
再聽不到呼喚的聲音，
我吃了一驚，四面尋找；……
翁仲只是對月光出神，
月光只對我冷笑。

詩中的「翁仲」，擺明著這首詩的背景，應該是一座墓園。辭典的解釋是：傳說阮翁仲為秦代一丈三尺的巨人，秦始皇命他守邊，匈奴人很怕他。他死後，秦始皇為其鑄銅像，置於咸陽宮門外。匈奴人來咸陽，遠遠看到銅像，還以為是真的阮翁仲，不敢靠近。於是後人就把立於宮闕廟堂和陵墓前的銅人或石人稱為「翁仲」。

了解翁仲的意義，再讀這首詩，很容易就能進入他安排的「場景」裡。月光照著墓前的石像，那石像與詩人對望，顯得很「冷」，加上月光的照射，讓人不由得一陣寒意，而最後一句才讓詩人回過頭來，看清楚與他對望的，原來不是這石像（翁仲），而是月光。

詩題「呼喚」，是詩人心中的，但搭配「墓園」清冷的場景，你可以解釋成，是在一個充滿死亡的世局中，想吶喊又喊不出來的——痛苦！

能了解詩人的痛苦的，終究只是月光。

我提到一般的評價在這首中，是「有點像又有點逆反」，像的是意象單純，感情濃重，逆反的是「樸實自然」，〈呼喚〉顯得太不「自然」了。

我能想到的解釋是，饒孟侃創作新詩的時代，真的，太，亂，了！

林徽因——人間四月天

在寫五四詩人的時候，曾猶豫過，是不是要把林徽因算進去。我知道她是五四才女，但一直不以詩聞名也是事實（雖然她一生也留下哪怕不多的詩作）。

現在很多人知道林徽因也寫詩，一半是因「人間四月天」這五字，一半是因徐志摩。

她是一九五五年四月一日過世（正是四月），據說一生因深愛林徽因而不婚的金岳霖，聽聞她的死訊後，哀痛無比。在林徽因追悼會上，金岳霖的眼淚沒有停過，並為她送上了一幅輓聯：「一身詩意千尋瀑，萬古人間四月天」，這「人間四月天」，又呼應了她的一首詩〈你是人間的四月天〉。

加上一九九九年一部轟傳兩岸的電視劇《人間四月天》，更加塑造了林徽因的才女和詩人形象。而《人間四月天》主要是描寫徐志摩與林徽因的愛情……

可以說，如果沒有徐志摩，我不會去注意她的詩。

縱觀她的詩，意象用詞都相當柔美，如果拿台灣幾個風格鮮明的詩社來對比的話，林徽因是很典型的「秋水」風，以清新明亮的用詞，和唯美的手法寫景，兼喻感情。

在她所有的詩作中，比較令我感動的是這首〈別丟掉〉——

別丟掉
這一把過往的熱情
現在流水似的
輕輕

在幽冷的山泉底
在黑夜　在松林
嘆息似的渺茫
你仍要保持著那真
一樣是月明
一樣是隔山燈火
滿天的星　只有人不見
夢似的掛起
你問那黑夜要回
那句話——你仍得相信
山谷中留著
有那迴音

林徽因有幾首詩，被認為是寫給徐志摩的，但多半有疑慮，例如，〈你是人間的四月天〉這首其實是寫給她初生的兒子梁從誡的，卻有不少讀者以為這個「你」指的是徐志摩，誤會不小。

不過，這首〈別丟掉〉是寫給徐志摩的，則不必懷疑。詩寫於一九三二年，也就是徐志摩離世後不久，林徽因路過徐志摩的家鄉，有感而作。

詩有佳句，例如「你仍要保持著那真／一樣是月明／一樣是隔山燈火／滿天的星　只有人不見」。

只是在「滿天的星火　只有人不見」後面接「夢似的掛起……」，文字的銜接不太順，如果是「滿天的星火　夢似的掛起／只有人不見」，感覺順暢些。

無論如何，這首詩寫的不一定是她對徐志摩的愛戀，但詩中對一個早逝生命的惋惜，則如山谷迴音，萬古人心。

廣西教育出版社於一九八〇年代出了一套「中國現代作家作品欣賞叢書」，當時台灣的海風出版社獲授權，改以「中國新文學大師名作賞析」出了台灣版。

台灣版會在書本封面，為作家的風格以簡單的標題蓋括，讓讀者很快領略每個作家在文學史上的位置。

第五章

新文學名家系列

老舍——精通語言藝術的巨匠

在台灣版的書封面上，老舍被評為「精通語言藝術的巨匠」，強調他那來自生活，又能使之在紙上活靈活現的語言技巧，當然，老舍的作品至今看來仍然生動，還是在其小說中帶有的「警世」意義。

〈斷魂槍〉是典型。故事講一個以「五虎斷魂槍」絕技而威震江湖的高手沙子龍，因自覺時代已不同，早已將自家經營的鏢局改成了客棧，退出江湖，但由於名聲太響，還是有人想方設法要找他挑戰。

號稱沙子龍大徒弟的王三勝在賣藝場上被一個名叫孫老者打敗後，孫老者隨後登門向沙子龍討教絕技，沙子龍卻絕口不提武藝和槍法。當孫老者頗有些冒昧的兩次提出「教給我那槍！」的時候，沙子龍卻用「那條槍和那套槍都跟我入棺材」來回絕。

因為沙子龍清楚的知道：「斷魂槍」的時代已經過去了，作為一種戰鬥的技巧，它已經到了該進棺材的時候了，在左輪手鎗面前，「斷魂槍」就是個笑話。

其實，這是我第一次讀到〈斷魂槍〉，不敢跟大師比肩，讀完後，讓我想起多年前曾寫過一篇意涵相似的小說〈決戰雁蕩山〉。

〈決戰雁蕩山〉講「我」在三十年前以天下第一劍——風雷劍練就的「無氣絕劍」劍法打敗了鄒文之後，每十年鄒文都要找「我」一戰生死，但從未贏過，最後「我」不堪其擾，將風雷劍送予鄒文，希望斷掉這無謂的決鬥。

但鄒文不死心，以自己的「雁蕩七式」配風雷劍，執意約戰，要跟「我」確認誰才是天下第一劍。

直至鄒文出招前，「我」仍苦口婆心勸鄒文不要再做無謂的決鬥，在無奈之下，「砰！砰砰！砰砰！」

鄒文死在了「我」的點三八口徑左輪之下……

不管是老舍的〈斷魂槍〉或我的〈決戰雁蕩山〉，故事都很簡單，但背後的意義，如果細心想來，會讓人唏噓，所謂的傳統刀劍或武術，在現代武器面前，毫無用武之地。

沙子龍很清楚，「我」也很清楚，但孫老者和鄒文仍在迷霧裡，就是這迷霧，很容易讓這個時代某一部分人成了歷史進程中的「悲劇」。

冰心——第一位站在五四浪頭的女作家

一九九〇年代好萊塢有部喜劇片《看誰在說話》（Look Who's Talking）透過一個嬰兒的角度看大人的世界，嬰兒是由布魯斯威利（Bruce Willis）在幕後配音，笑果十足。

當時覺得從嬰兒角度看世界，很有趣，好萊塢果然創意十足。直到最近看到「中國新文學大師名作賞析」系列後才發現，這種別致的角度，冰心早已發揚過，那是她的小說〈分〉。

〈分〉的內容主要是寫一個初生嬰兒從呱呱落地時的所見所聞，到與父母交談、與同時出生的小朋友的「對話」，直到與一同出生、一同出院的小朋友分開的過程。

嬰兒當然不會說話，除了肚餓要吃奶之外，有沒有思想則有待專家研究，但〈分〉以兩個新生嬰兒的「對話」，是別出心裁的安排，而更精致的是，這兩個新生兒來自不同的「階層」，一個是生活比較富裕的知識份子的兒子，另一個是貧窮的屠夫的兒子。

冰心藉由他們的對話，也對照出世間的不公平。

兩個嬰兒最初的差別只是一個白淨清秀，一個黝黑壯實，但他們的各自的母親，則是一個住在頭等病房，一個住在慈善機構介紹的統鋪病房。因為「身分」（或階層）的不同，兩個孩子的際遇也會不同，一個回家有奶粉吃，有橘子汁喝，一個媽媽將要去當奶媽，只能喝米湯和吃糕乾……

冰心在五四女作家中的成就算是比較高的，但據說魯迅從未公開談論過冰心，冰心也不談魯迅。特別在五六十年代，魯迅被奉若神明，冰心竟始終保持沉默，不寫歌頌魯迅的文章。有一種說法是，魯迅對冰心不夠友善，深層的原因在於冰心創作偏離了五四進取精神。尤其對冰心後來主題在「愛的哲學」頗不以為然。

事實上，冰心在一九六一年寫的散文〈一只木屐〉中特別引用了魯迅在小說〈故鄉〉的一句話，「我想：希望本無所謂有，也無所謂無的。這正如地上的路；其實地上本沒有路，走的人多了，也便成了路。」

冰心在引用之前寫道「魯迅的幾句話，也常常閃光似地刺進我黑暗的心頭」，可見冰心並沒有在「在五六十年代……始終保持沉默」這回事。

但如果說魯迅對冰心寫作的主題有意見的話，我則是有「意見」的，因為冰心的問題，不是寫作的主題，而是寫作的「技巧」。

以〈分〉來看，有創意，有思想，但有一段破壞了整篇（單純無邪）的氛圍，那是屠戶兒子提到「未來」時說的「我大了也學我父親宰豬，——不但宰豬，也宰那些豬一般的盡吃不做的人」，讓讀者一下子感覺這嬰兒怎麼「變臉」成大人了，讀起來心中一片疙瘩……

整體來講，〈分〉應該是五四時期的一記拔尖的女高音，但冰心急於表達自己意念，而在技巧上，控制不住筆端，有點可惜。

王統照——藉小說點破世間人情

因為一系列「中國新文學大師名作賞析」，讓一般讀者較不熟悉的五四作家，也走進了讀者的視野，王統照就是其中一個，我是因這一系列書籍，才有幸閱讀到王統照的作品。

王統照最有成就的作品，是長篇小說〈山雨〉，描寫農村破產者流入城市前後的心理變化與思想意識變化。因它反映了一九三〇年代起中國農村崩潰的過程和農民走向覺醒的趨勢，暴露了社會黑暗，曾被國民黨當局查禁。

但在「賞析」中，我印象最深刻的還是其短篇小說〈刀柄〉。故事講一個繼承鐵匠鋪祖業的吳大用，本來是專門打造農用的鍬犁叉鐽，因「時代需要」，也開始鍛造為警備隊和民團使用的刺刀和大刀。

本來做農用工具，生意還勉強的鐵匠鋪，因社會上「殺人利器」供不需求，讓吳大用的祖業生意勃興，門庭若市。

在一次官兵屠殺「紅槍會」的事件中，他發現一把被送來修補的大刀似曾相識，因為這是給一個姓賈的老頭和紅臉膛的兒子打造的，但吳大用知道這紅臉膛的兒子也在隔日被斬首的匪徒之列。

一向不去法場看砍頭的吳大用，還是去了，當他看見紅臉膛的兒子被斬首後，因想起那把大刀而「站立不穩，幾乎撲倒」。

事實上，斬殺紅臉膛兒子的大刀，不一定是吳大用給賈老頭他們鍛造的，小說諷刺之處在於，以往鍛造農具，是為了造福人們，但為了賺錢，改鑄大刀，卻是用來殺人。

這是不是吳大用的無奈，很難從小說中看出來，但在與一個周老頭交換對「傻子」的看法時，吳大用的一番話，卻很耐人尋味。

他認為，傻子不會生在這個（兵荒馬亂的）年頭裡，即使有傻子，也是裝的，「不裝傻子，實在也混不到黃的金、白的銀。誰送到門上來？我說，誰都不傻，也是誰會裝傻呀！」

蘇雪林——驚人的「收穫」

在「中國現代作家作品欣賞叢書」中，只要有介紹到女作家的，都是單獨成書，但有一本比較特別，就是把蘇雪林、凌叔華、盧隱和馮沅君，四人合併為一冊，其中，蘇雪林、盧隱和馮沅君是一九一九年，即五四運動暴發那年同時進入北京女子高等師範的同班同學。凌叔華的年紀則與她們相若，這套叢書把這四人併在一起，有特別的意義。

先介紹蘇雪林。

我在台灣念書時，蘇雪林的名氣就很響亮，當時她在台南的成功大學教書。後來在浸淫了現代文學後，我對她印象最深的就是，她對魯迅態度之轉變，像是川劇的變臉。

魯迅活著時，她對魯迅的評價很高，稱讚「魯迅是中國最早、最成功的鄉土文藝家，能與世界名著分庭抗禮」，但魯迅過世後，就大批「魯迅病態心理將於青年心靈發生不良之影響也」、「魯迅矛盾之人格不足為國人法也」……

為什麼會這樣，外人都不好說，蘇雪林自己最清楚。此外，蘇雪林對台灣一九四九年之後現代詩的發展也有批評，為文也一貫犀利。

但她也能寫散文和小說，則讓我有點驚訝，在「中國現代作家作品欣賞叢書」中收錄了其散文〈禿的梧桐〉、〈溪水〉、〈收穫〉和小說〈鴿兒的通信〉。

其中〈收穫〉一篇以三段描寫了三個地方的「收穫」——山芋、櫻桃和葡萄，其中，「收穫櫻桃和葡萄」是在法國求學時的兩次經驗。

同樣都是展現農家閒時的風情，但這篇文章寫於一九二八年，正是中國軍閥混戰最激烈的時候，她擅長的比喻就顯得很「血腥」，例如她看到一顆芋中有很多蟲蛀的孔，就用了「子璋髑髏血模糊，手提擲還崔大夫」來形容，看起來相當駭人。

而寫櫻桃和葡萄，就用「甜如蜜」、「歸鞍竟帶青絲籠，中使頻傾赤玉盤」……

看得出，在中國看到的「收穫」和在歐洲（法國）看到的，之所以有不同，乃是心情影響。

因此，蘇雪林在寫完法國農家收穫時的悠閒之後，以一種不快的心情作結尾，顯出她對中國的煩憂，也是有意的安排：

> 我愛我的祖國。然而我在祖國中，只嘗到連續不斷的「破滅」的痛苦，卻得不到一點「收穫」的愉快，過去的異國之夢，重談起來，是何等的教我繫戀呵！

盧隱——賞月賞出高度

在蘇雪林、凌叔華、盧隱和馮沅君四人中，我最不熟的是盧隱，看了她的年表後，發現她死得很早，她是於一九三四年，三十六歲那年因難產導致子宮破裂而死。

對這早逝的五四女作家，多了一份感觸。

在四位女作家中，她的思想最為激進，其作品（散文、小說）要嘛控訴封建包辦婚姻的罪惡，要嘛抨擊軍閥對學生的血腥鎮壓，要嘛就是退回來苦思，哲學式的探求人生真義……十足反映了五四青年典型的淑世情懷。

但我對其散文中「描寫」景物的功力最為折服，特別是她的一篇題為〈月下的回憶〉，讓我印象深刻。

〈月下的回憶〉的重點其實不是寫景，其寫作背景是在日據下的東北〈大連〉，因此對日據下的各種現狀相當不滿，看到學校教員在黑板上寫「支那之部」，表現得非常憤慨……

但開頭有一大段提到跟朋友去大連的南山看月出的經過，因為那時是陰曆十六日，月亮還相當圓，如果有幸，就能看到月亮爬上夜空的過程。底下這兩段讓人拍案叫絕——

我們集中目力，都望那邊看去了，果見那紅光越來越紅，半邊灼灼的天，像是著了火，我們靜悄悄地望了些時，那月兒已露出一角來了；顏色和丹沙一般紅，漸漸大了也漸漸淡了，約有五分鐘的時候，全個團團的月兒，已經高高站在南山之巔，下窺芸芸眾生了。

我們都拍著手，表示歡迎的意思；子豪說：「是我們多情歡迎明月？還是明月多情，見我們深夜登山來歡迎我們呢？」

文中最新穎之處是，形容月出的「紅光」，讓天「著了火」，再來是「露出一角來了；顏色和丹沙一般紅……」，但月亮畢現之後就是「下窺芸芸眾生」，讓人讀了很難忘。

說實話，我看過很多描寫月出景象的文章，盧隱在〈月下的回憶〉是我所見過寫月出的「第一名」。

凌叔華——尋常夫妻巧妙的愛

台灣的小說家苦苓，三十年前寫了不少極短篇作品，相當膾炙人口，他的寫法多半都會在短短的篇幅內，把劇情來個反轉，例如我印象深刻的一篇，他寫一個男子趁妻子不在時，到某旅館「偷情」，結果敲門的女子，就是他的妻子……原來這對夫妻是想要尋求「偷偷摸摸」做愛做的事的快感。

苦苓在這方面功力相當厲害，但在我讀了凌叔華的幾個短篇中，發現這類手法，凌叔華早已表現得相當好了，最典型的就是〈花之寺〉。

小說描寫一個詩人幽泉與他的愛妻燕倩，大概是尋常生活過煩了，尤其在四月天，春光燦爛，卻無法出去大自然呼吸空氣，顯得很悶，結果燕倩就設計了一個局，扮做女讀者寫信給幽泉，信上說得很懇切：「幽泉先生：請你不要想我們是素不相識的，實在我們在兩年前就彼此認識了，我的腦府裡所藏的卷冊都是你的詩文，那又是時時能諧調我枯槁心靈的妙樂。……」

表達對幽泉的「愛意」（其實也是燕倩的愛意），但重點是，這個「讀者」給出了個約會的時間和地點：「我定於明日朝陽遍暖大地時，飛到西郊『花之寺』的碧桃樹下。那裡春花寂寂爭研，境地幽絕……」

就在「讀者」說要去花之寺的前一晚，幽泉跟燕倩說，第二天要去「城外看看山光草色，換換空氣」，燕倩也「贊成」。

劇情的結局是——正當幽泉在花之寺等了許久不見佳人倩影時，他深深嘆了口氣自我安慰：「也不冤枉，到底逛到了一個有名的花之寺。」這時忽然聽見廟門外有汽車停留聲，他的心又猛然跳起來，待女子出現，他仔細一認，呆了一會才說出話來：「你怎會也到這地方來！」

原來這是燕倩布的局。雖然燕倩的理由是「聽了一早上不愛聽的話，心裡煩悶的很，也想飛到郊外去讚美大自然，讚美給我美麗魂靈的——」

但對讀者而言，有個出奇不意的結局反轉，讀來也是一種過癮！

馮沅君——擅寫女性心理

馮沅君的文學創作，集中在二十九歲以前，二十九歲她去法國讀博士，六年後拿到博士後回中國任大學教職，之後便一意專攻學術。

馮沅君最大的成就，就是和其夫婿陸侃如，在一九五〇年代中期，編著成一部新的《中國文學史簡編》，一九五七年，又根據《中國文學史簡編》，撰寫了更為簡約的《中國文學簡史》，不僅在中國出版，還翻譯成了英文和羅馬尼亞文，把中國文學史介紹到了國外。

其二十九歲前的創作以小說為主，論者認為她的特點在「女性心理的描寫」，陳敬之在《現代文學早期的女作家》一書中提到馮沅君的評語是「敢於撕破一切虛偽的面目，把女性的心理和隱祕，毫無顧忌地揭露在她的小說中。」

但我個人認為，馮沅君特色不僅僅是揭露女性心理，還有在揭露之後引人反思之處。〈貞婦〉是典型的例子。

〈貞婦〉講一個女子何姑娘，嫁給了富二代且曾留學國外的慕鳳宸為妻，但因出身寒微，無法與慕鳳宸「門當戶對」，雖然潔身自愛，仍被休掉。

回到娘家後，儘管大家都知道是慕鳳宸忘恩負義，何姑娘無愧於心，但仍堅貞不移，不改嫁，始終認定自己就是慕家人……直到臨死前，終於重入慕家，被埋入慕家的墳區，果然成為她念茲在茲的「貞婦」。

小說看似反諷何姑娘的食古不化，也細膩描述了何姑娘的心理狀態，但〈貞婦〉值得注意的還是——為什麼何姑娘會為了成為慕家祖祠上的一個名字，而那麼執著？

歷史上的貞婦、烈婦大部分是被迫或不得已，但何姑娘卻是自願的，因為起碼還有個「官」（顏局長）對她有意，但她卻拒絕了，始終堅持「嫁為慕家人，死是慕家鬼」的信念。

這種「貞節」的觀念，其實在現代社會早已被打破，理論上小說裡的何姑娘不至於跟著成為「貞婦」的。馮沅君會在小說中做反諷式的安排，我的理解，她是想要告訴新一代的青年男女，「貞」這個字，需要有一個新的定義，否則會與現代社會產生隔閡與衝突。

巴金——見證歷史的現實主義大師

說實話，要談巴金，不說說《激流》三部曲——《家》、《春》、

《秋》，會很奇怪。但這系列小說可是史詩級作品，相當長，很難講清楚。倒是選錄的一個短篇小說〈將軍〉，或能簡單說明巴金史詩級的寫作手法。

《將軍》全篇六千六百多字，講述一個自封為「將軍」的白俄上尉軍官諾維科夫，在十月革命之後（將軍夢粉碎了），與妻子逃到中國，最終得靠妻子賣淫來維持生活。

有時妻子會拿一點賣淫的錢給他喝小酒，但在借酒澆愁醉了以後，他，這位「將軍」，便用無聊的幻想來自飽。

然後，時不時在言語中表現對中國的不屑：「在你們這裡什麼都不行，連狗也不咬人，狗也是這麼軟弱的！」、「這不算冷，在你們這裡簡直不冷。在我們那裡冬天會把人的鼻子也凍掉！」、「中國這地方就像沙漠一樣，真是一個寂寞的大沙漠呀！好像就沒有一個活人！」……

由於生活太過屈辱，「將軍」的妻子安娜一直很想回俄羅斯，但諾維科夫一直拿不定主意，直到看到妻子被美國水兵蹂躪的傷痕後，他不能再忍受下去了，小說結尾他被車撞昏又清醒後，他終於說出了，「帶我去，帶我到安娜那裡去！我要告訴她：我決定回去了。」

這部小說，宛如「十月革命」的續集，失敗一方流亡到他國，受到的仍是無盡屈辱，諾維科夫失去了飛黃騰達的機會，也失去了戰場……雖然小說只寫到他「決定回去」為止，但可以想見，在小說之外，諾維科夫的未來勢必相當灰溜溜！

另外，不知為何，〈將軍〉讓我想起瘂弦的詩作〈上校〉——

那純粹是另一種玫瑰
自火焰中誕生
在蕎麥田裡他們遇見最大的會戰
而他的一條腿訣別於一九四三年

他曾聽到過歷史和笑

什麼是不朽呢
咳嗽藥刮臉刀上月房租如此等等
而在妻的縫紉機的零星戰鬥下
他覺得唯一能俘虜他的

便是太陽

〈將軍〉中，能俘虜諾維科夫的，也是現實。

沈從文——與中國文學永生的大師

在我心目中，自五四以還的作家中，真正夠得上大家的，有兩人，一是魯迅，二是沈從文。

就像談魯迅一樣，談沈從文，很難用幾百字或幾千字就能說得清楚。要談他的小說藝術，是一個很大的工程，可以夠得上好幾本博碩士論文，圍繞著其對故鄉——湘西、鳳凰城的人物風情的刻畫和同情，讓人神往又印象難忘，同時可以從中產生多個議題。

這裡只能就一個微不足道的來談，或許是我對詩詞歌賦稍稍熟悉，沈從文詩意般的文字功力，比較引我注意（當然，早就有學者專家看到了）。

事實上，他在小說中，把場景經營得像一首詩，固然是因他描寫的地理位置（湘西），原本就是崇山峻嶺及溪流縱橫之地，寫成詩都很容易引人入勝，而沈從文在小說中進行這方面的經營，會形成一種其他小說家難以企及的特色。

以〈邊城〉來說，先看其中一段寫月景的部分：

月光如銀子，無處不可照及，山上篁竹在月光下皆成為黑色。身邊草叢中蟲聲繁密如落雨。間或不知道從什麼地方，忽然會有一隻草鶯「落落落落嘘！」囀著它的喉嚨，不久之間，這小鳥兒又好像明白這是半夜，不應當那麼吵鬧，便仍然閉著那小小眼兒安睡了。

坦白說，這一段讀來其實會讓人聯想到鄭愁予、楊牧的詩風，古典而帶有牧歌風格。

再看小說〈蜜柑〉中的一小段：

時間是三月快完了，桃李杏花是已在花瓣落後綴有許多黃豆大的青子了。丁香花開得那樣的繁密，像是除了專為助長年輕人愛情，成全年輕情人在它枝下偷偷悄悄談情話外無什麼意思。草，短短的，在丁香下生長的，那是褥子，也只單為一對情人坐在上面做一些神祕事情才能長得那麼齊。

沈從文當然不是寫詩，但他把詩情和畫意帶進小說裡，看似不是主題，畢竟還有正兒八經地人物故事等待他完成；但這樣的描寫，會讓人更清楚沈從文小說深埋的中國傳統文學底蘊，這種底蘊，讓他筆下的湘西，真正成了中國文學的瑰寶。

第六章

台灣現代詩八大家——不遠的歌聲

一身兼有詩人、散文家、翻譯家、學者等多重身分的楊牧於二〇二〇年三月十三日過世，他的離去，在我心目中，大概就是台灣全部現代詩最後一家熄了燈的酒店了。

如果把一九四九之後台灣現代詩的發展視為一個單獨發展出來的文類，與中國大陸做切割的話，這大約七十年間最棒又代表著全然不同風格（甚至詩學風貌）的作品，只表現在八個詩人身上。

周夢蝶、余光中、洛夫、羅門、鄭愁予、商禽、瘂弦和楊牧。（依年齡序）

其中瘂弦早就停筆了，鄭愁予近年亦無作品，因此，可以說，在楊牧之後，一九四九年到二〇二〇年的現代詩基本已完成了。

故我稱這八位前輩詩人為「現代詩八大家」，為他們每人各寫一段簡評，希望有助於讀者在扼要的敘述中，了解他們的風格和現代詩在前七十年斷代中的意義。

未來的「現代」詩會怎麼走？我不知道。想怎麼走就怎麼走吧，反正只有時間可以作主。我指的是，時間它不會帶領詩歌走哪一條路，但會在適當的時機誘導走偏了的我們改變方向，甚至——叫停！

楊牧

不管楊牧本人是否願意，或是否認知到，他的詩風在台灣，其實，早已代表了一個流派，這個流派的風格，以古典抒情為基礎，但每個文字和詞句搭建出的詩中場景，讓人一讀，心中即有一種舒暢的感覺。

而所謂的古典，也建立在中國文學的泥土上，使得其用字遣詞，平淡中也能見其深厚的中華文化底蘊，有點像喝陳年的老酒，僅僅開個瓶口，便酒香四溢。

稱為聲音戲劇的〈林沖夜奔〉和以季札掛劍為本的名篇〈延陵季子掛劍〉，有著豐滿的典故，自不待言。

即使一般的情一般的景，哪怕寫的是歐美風情，在楊牧的筆下，似乎就像是用高明的國畫技巧畫出的西洋山水，讓人感受到他特有的古典情懷，例如〈微雨牧馬場〉第一段：

一排風蝕的斷水描出
異鄉的荒涼

有人倚靠柵欄
吹著柔柔的笛子
淺水穿流過你最愛的
芭蕉林，和閃爍的橋樑

真要問我，什麼是「古典」，真的很難去定義，但在楊牧的詩中，你很難感受到那是「現代」，雖然他寫的是「現代」詩。

有人贊譽楊牧，說他的著作和思想，已成了一門「學派」，我認為，有點誇張，但我倒是同意，在現代詩這個領域，他代表了一個流派，就像我前頭所言，這個流派的內涵，是並蓄著中華古典文化和現代情懷，呈現出的（以詩）靜觀萬物的人生觀。

即使他政治意味較強烈的〈有人問我公理和正義的問題〉，也可見出濃厚的古典情懷。

這一派的詩人，以楊牧為首，大概還能勾勒出楊子澗、楊澤、陳義芝……而其源頭，大概能追溯到——鄭愁予！

瘂弦

瘂弦停筆很久很久很久很久……很久了。

二〇〇七年，他送了我一本他的詩集，是一九八一年洪範版，然後笑著說：「這是我的『全集』。」

我也笑著，但笑得很「苦」，因為做為一個讀詩人，總希望他能再有更多作品問世。有一次，有個研究詩的學者透過我，想跟瘂弦「索取」這本洪範版詩集之外的作品做研究，因為他得知瘂弦當年從愛荷華回台灣前，寫有一些詩，但一直未發表。

我跟瘂弦問了後，他明確拒絕了那位學者的請求；瘂弦承認，在洪範版《瘂弦詩集》之外，的確還有其他作品，但他覺得那些作品質量甚差，他「不想給人不好的印象」，因此，並不想拿出來，要研究他的詩，就請以洪範版《瘂弦詩集》為準。

這段往事，證明了瘂弦這本洪範版《瘂弦詩集》，至少是他認為，一生的詩作中最ＯＫ的，其他無足觀者，就forget it！

他的作品，談的人非常多，從洪範版《瘂弦詩集》中隨便找出一首去

google，多半都能找到相應的評論文字。

但要談到「總論」，我還是覺得白靈那篇〈為激流的倒影造像——瘂弦詩風的背景及影響〉（《風華——瘂弦經典詩歌賞析》，秀威）最到位，他提到構成瘂弦詩作最大「力量」，是一股彌天蓋地的巨大「悲心」。

這股「悲心」有時以「神性」表現……有時又以「人性」表達……有時是淡淡哀傷……有時是俏皮反諷……如果說人生再苦的悲劇一經旋律化後，都有了藝術上的美感，讓人可以感懷或感動，瘂弦的詩就屬於那一種。

特別是「他是涉過人生的激流、出入人性的深淵後，再站出來微笑地唱詠，以甜美的語言昭告世界的詩人。」

白靈的評價中，最讓我感同身受的是「甜美」兩字，讀瘂弦的詩，不管是喜是悲，都有一種「甜甜」的味道，白靈認為是基於瘂弦詩中的音樂性和新穎而口語化的語言意象之間的調和作用。

以〈坤伶〉為例：

十六歲她的名字便流落在城裡
一種凄然的韻律

那杏仁色的雙臂應由宦官來守衛
小小的髻兒啊清朝人為她心碎

是玉堂春吧
（夜夜滿園子嗑瓜子兒的臉！）

「哭啊……」
雙手放在枷裡的她

有人說
在佳木斯曾跟一個白俄軍官混過

一種淒然的韻律
每個婦人詛咒她在每個城裡

「一種淒然的韻律」在第一段末和最末段第一句，用來整合全詩的「淡淡哀傷」，但因為詩短，所以，在最後念到「一種淒然的韻律」時，就有一種複沓的效果，卻又以婦人的詛咒做結束，造成一種連綿的感覺（因為，不知道詛咒的是什麼）。

這是一種音樂性，也是一種說不出的「甜味」。

瘂弦的詩作很耐讀，且百讀不膩，主要的原因就在其音樂性（基調還是其旋律感），就像我們記憶中總有些歌曲，一輩子都唱不膩。

瘂弦的詩作本來就該是打破了格律的現代詩最該走的方向，可惜……

商禽

因為詩的面貌不同，也培養了不同的讀者，但是我始終相信，人類對詩的「美」，在感知上面一定有個公約數，那就是經由文字和詞句組成的作品，至少得讓讀者能進入第一層，即，哪怕是最膚淺的「認知」（文字表面的意義）。

舉個老掉牙的例子，李商隱的〈錦瑟〉，中間四句，四個典故，並不一定都懂，更別說李商隱舉這個典故的背後用意，但即使讀到（打個比方）

「滄海月明珠有淚」，腦海中會浮現月夜的海邊，一顆在貝殼裡的珍珠流下淚，或珍珠就是貝殼的淚（試想珍珠形成的過程）……

懂了這最「膚淺」的一層，才有可能進一步探究詩要表達的意義，不管最終詩要表達的東西，是明朗或者是晦澀。

商禽的詩，可能有人視之為「困難」（按陳芳明〈快樂貧乏症患者——商禽詩全集序〉的說法），但商禽將我前面提的「第一層」經營得相當好，坦白說，至少從《商禽詩全集》（印刻）中，要找「困難」的詩，還真「困難」。

非要我找一首的話，〈逃亡的天空〉勉強算，特別是「逃亡的天空」，字詞語意不明，但它用舊詩詞的「頂真格」，而大體上每個詞組又不難懂，讀下來趣味十足，詩意是什麼，也就不是太重要了。

〈天河的斜度〉前四句也勉強算，「在霄裡的北北西／羊群是一列默默／是盼望的另一種樣子／在另外一種樣子裡」，在讀者的腦海裡的確不容易重構，但因為整首詩的主題在「天河」（銀河），氛圍肯定是在夜間，開頭四句彷彿就在塗鴨一個「不清楚」的世界。

最重要的是，一路讀下來，夜的場景經營得相當優雅而寧謐。

如果說瘂弦詩有「甜味」，商禽詩可說是有「苦味」，是屬於涵納多種中藥的「苦茶」那種苦，當你飲到一定的程度，會有一絲絲甘甜，因為，商禽不少作品就吸取了古典詩文中的一些元素，你又找不到其所由，取一首短詩〈近鄉〉為例：

昨晚簷角風鈴的鳴響
分明是你叮噹的環珮
別以為我不知道有人夜訪
院落裡的殘雪仍留有餘香

「殘雪」有「餘香」，牽動有人「夜訪」的猜想。「雪香」的意象最早可見之杜牧〈對花微疾不飲呈座中諸公〉詩：「盡日臨風羨人醉，雪香空伴白髭鬚！」

但這裡「餘香」的意象，卻比較暗合（傳說中）宋徽宗為宮廷選畫時所出的考題——「踏花歸去馬蹄香」的意境。

如果讀商禽詩只著眼在其「困難」處，會錯失很多「甘甜」的滋味。再舉一首〈歲末寄友人〉

久遠了，很想念
忽然憶起
麥高文街雙柳園
庭前參差的草地
此時該已為白雪擺平了
春來又會飄著黃雪
那便是蒲公英
它們總會領先
早我一步抵達你門前
便對遲到的我說：
下次別再呆在橋上看
逝者如斯的愛荷華河水……
德布克的小山岡

我是去過的
只不知圍繞著你們新居的
會是什麼喬木，葉落盡
枝輕了。雪會把它們——
彎來你們的窗前嗎？

雪將樹枝「彎」下來的意象，在前舉〈天河的斜度〉中也有，詩中第二段：「祇一夜，天河／將它的斜度／彷彿把寧靜弄歪／而把最最主要的／一片葉子，垂向水面／去接那些星」，把（跟著樹枝的）葉子「垂向」水面，就是「彎」的造型，就如同雪把枯枝「壓低」到窗前的形象，相當美！

千萬不要被那些詩評家給忽悠了；讀商禽，不管你讀不讀得懂詩後面的意義，但，說實話，還真沒什麼困難可言。

那麼，這世界到底有沒有真正困難的詩呢？

曰：可能有吧！再找找看！

鄭愁予

一九九八年中國廣西教育出版「中國新文學大師名作賞析」套書中，我負責了《瘂弦、鄭愁予詩歌欣賞》的「鄭愁予」部分，而台灣的秀威則在二○一九年重新出版了這本書。

在這本書於中國出版後這些年，鄭愁予幾無新作，因此，二○一九年從廣西教育出版社脫胎出來的《傳奇——鄭愁予經典詩歌賞析》中，我對鄭愁予詩歌藝術的定位至今「有效」。

很多詩評論者在品評一些重要詩人時，會去注意其「風格」轉變，例如余光中，說他有什麼浪漫主義時期、新古典……；說洛夫有什麼超現實時期、回歸古典時期……但在我看來，這些所謂「時期」，多半是因題材大方向的轉換而有所不同，但在語言風格上，仍可尋出其脈胳。

老實說，在幾個重要的前輩詩人中，真正在「風格」上做了大大大大大大……大的轉變（不僅題材，還有語言風格）的，只有一個——鄭愁予。

你看到「平靜的湖面，將我們隔起／鏡子或窗子般的，隔起／而不索吻，而不將昨夜追問／你知我是少年仙人／泛情而愛獨居」（南湖居——南湖大山輯之七）。

再看到：「一張空白的卡片是一張照片的背面／（當歲月與山河不可翻轉了）／它在安詳地壓著一個謎／是未開的百合在白中隱藏童貞的祕密？／是我年老時面對白髮的鏡子？／卻什麼都不是，我只要寫上／這樣的白，是述說那日武昌以後我去國之悲傷的」（一張空白的卡片），很難想像作者是同一人。

我在〈悠悠飛越太平洋的愁予風／鄭愁予詩風初探〉文中提到，在「抒情」的大號召下，鄭愁予詩可劃分成兩大類：第一類作品由於完成較早，呈現出「少年說愁」的風味相當濃厚，許多「經典」作也完成在此時期。第二類詩作，則大體呈現了在美國的華裔移民的內心世界，這內心世界其實也反映了移民們對文化認同的徬徨與失落，以及因空間的阻隔而生的對故土故人的緬懷與思念，其實也是「移民文學」一部分

我個人認為，鄭愁予的轉變，可能不是有意的，因為他在離開台灣到美國之後，曾停筆了好一段時間，再提筆時，不僅是題材必須因應他生活環境的轉變而轉變，語言的使用策略顯然也轉變了，語言策略則多少因其接觸的風物和文字而不知不覺做了調整，但無論如何，這種轉變，也讓嗜讀其早期

柔美詩篇的讀者很不習慣。

語言的使用或許真的會因時間的阻隔、心情的轉變，而產生質變（我不去討論是變好或變不好），但這樣的轉變，又反過來讓讀者更加珍愛他那些流傳甚廣的「少作」。

尤其是在他當年寫山林的作品，幾乎篇篇都是經典。隨便舉一首〈北峰上〉：

歸家的路上，野百合站著
谷間，虹擱著
風吹動
一枝枝的野百合便走上軟軟的虹橋
便跟著我，閃著她們好看的腰

而我鄰舍的頑童是太多了
星星般地抬走一個黃昏
且扶著百合當玉杯

而那新釀的露酒是涼死人的

——（流浪人）

童話的意象賦予山林嶄新的面貌，在文學史上，我目前還沒看到有人能出其右。

羅門

「羅門善於運用動詞」，忘記了是誰說的。

事實上，這句評語只說對一半，應該說，羅門是很善於將名詞與動詞之間的「關係」或「位置」，經過精心的排列組合，產生新的意義，或說特別的意象，也產生新的閱讀趣味。

隨手能舉出很多：

他用燈拴自己的影子在咖啡桌的旁邊
那是他隨身帶的一種動物

他不走了，路反過來走他
他不走了，城裡那尾好看的周末仍在走

——（車禍）

你們的名字運回故鄉
比入冬的海水還冷

——（麥堅利堡）

這種手法，在中國詩史上偶而得見，例如謝靈運的「池塘生春草，園柳變鳴禽」就是。

當然，在其他現代詩人中也是偶而得見，例如連水淼〈華西街〉開頭：「一枚枚圓圓的　紅得就要冒火的／小燈泡　挨家挨戶地……負責盡職地纏住了／一個個走累了的過客」。

如果簡單比較，連水淼是在一個段落中去「擺弄」名詞（小燈泡）和動詞（纏住）的位置，但羅門則更為精鍊，他是在一兩行句子間去「耍玩」，換言之，羅門是在「雕刻」句子。

這樣的手法，幾乎貫穿了羅門一生的作品，形成獨特的風格。也是讀羅門詩的一種至高享受。

比如前舉「他用燈拴自己的影子在咖啡桌的旁邊」，當人坐下來時，影子像「狗」一樣，就趴在桌腳，感覺上，就像是被拴在桌旁一樣，讓普通的日照（或燈照），產生新的趣味。

又如，（在車禍發生後），「路反過來走他」，很生動地描出一個人倒在路邊的畫面，「城裡那尾好看的周末仍在走」，則是日子（周末就是去玩去休閒）仍然繼續，有趣而真實。

〈麥堅利堡〉中，運回故鄉的其實是「遺體」（或遺物），甚至只是「從軍名單」中的軍籍代號，但用了「名字」，更令人深刻感受到戰爭的無情。

有人說，羅門風格太單一，但他這種靈活調動詞性和詞組（特別是名詞和動詞）的功力，仍是初學寫詩者很好的教科書。

洛夫

洛夫的寫作手法，一向善於經營意象，早期的意象從第一本詩集《靈河》即便略顯生澀，就已見出「魔幻」（有人說是超現實，但這點我持保留）

的光影，例如〈四月的黃昏〉：

是誰偷取了老畫師的意境，這一窗風雨，
牆上的那幅山水又隱藏了一份醉意。

每一隻眼睛都在閃動，每片葉子都在凝定，
閃動而又凝定，亦如那子夜靜靜的星河。

當教堂的鐘聲招飲著遠山的幽冥
一對紫燕啣來了滿室的纏綿，滿街的蒼茫——

他的「魔幻」意象到了《石室之死亡》登上極致。此後就漸趨「平淡」，取材雖然很「人間」很「平民化」，但變化意象的功力，仍在不少詩篇中展現得淋漓盡致。

洛夫一生以新作為主要構成的詩集，如果不算編選和中國大陸出版（多半是精選集），應該在十五本左右，最後一本是二〇一四年由遠景出版的

《唐詩解構》（其生前最後一本《昨日之蛇》則是將其寫動物的舊作匯集合成）。

《唐詩解構》這本書有個副題，叫「洛夫的唐韻新鑄藝術」，這應是他第三次以單一手法和寫作策略專門經營的風格，第一次是一九九〇年代的「隱題詩」，以藏頭詩來經營新的詩風；第二次是二〇〇〇年出版的「長詩」《漂木》。

（《石室之死亡》或也能算入，但《石室之死亡》寫作手法與他在五〇六〇年代的寫法是否一致，有爭議，可以另外討論。）

看得出來，三次的改變，不但成功，也可證洛夫在詩藝的用心和努力，從未停止過，活到老寫到老，活到老也「變」到老。

《唐詩解構》其實仍維持洛夫一貫調動意象的精明幹練，把唐詩已成的意象再次翻新，但因為有唐詩本已美好的意象前導，讓洛夫在寫作中，更有餘裕為現代的語言鑄造新的韻味。

例如解構李白的〈黃鶴樓送孟浩然之廣陵〉：「故人西辭黃鶴樓，煙花三月下揚州。孤帆遠影碧空盡，唯見長江天際流」。

洛夫的第一段這樣寫：

檣帆遠去
帶走了黃鶴樓昨夜的酒意
還有你的柳絲
我的長亭
帶走了你孤寒的背影
還有滿船的
詩稿和離情

這段「改寫」了「故人西辭黃鶴樓」一句，但這裡的「酒意」、「詩稿和離情」其實是洛夫的「認知」，未必是李白和孟浩然當下的「認知」，這才給了這首唐詩「新意」，而這「新意」是屬於洛夫的，卻新鑄了這首唐詩的韻味。

唐詩，因洛夫而有了新意和新生命，這是《唐詩解構》的價值和意義。如果只談詩藝和詩質，洛夫是我心目中現代詩人的第一名。

余光中

余光中一生著作等身，雖然也寫散文、評論、翻譯，但最被人熟知的，仍是詩人身分，他的詩集，如果不算選集、合集，和在中國大陸的簡體字版本，至少二十二本，產量相當豐富。

一生在美、台、港各地講學，見多識廣，有助於余光中的作品題材變得相當寬闊，陳芳明在印刻版《余光中六十年詩選》的編輯前言〈詩藝追求，止於至善〉一文中提到：「早期的三冊詩集《舟子的悲歌》、《藍色的羽毛》、《天國的夜市》，相當依賴固定的形式：均勻、對稱、平衡……進入一九五八年……余光中的現代主義時期於焉展開……一九六二年進入自稱的新古典時期……」

因為時間的跨度，論者為詩人定位這個時期那個時期，無可厚非，但其實縱觀余光中的作品，他的語言風格還滿一致的，就是均勻、對稱與平衡（偶而還見其語詞與文法的靈活換位），事實上，個人認為，他比較讓我喜歡的作品，都有這些特質。

例如大陸文學界和教育界最熟知的〈鄉愁〉，以「時間（小時候、長大後……），鄉愁是什麼（一枚小小的郵票、窄窄的船票……），我在這頭或外頭，某人（母親、新娘、大陸）在那頭或裡頭」來複沓歌詠的段落，就是均勻、對稱與平衡的典型。

即使較晚期，拿寫於二〇〇七年的〈台東〉來講好了，其講究的也是一種均勻、對稱與平衡，取人人稱羨的台北和人口稠密、商業發達的西岸對照，用句式相同的「比」法相襯，如：

城比台北是矮一點
天比台北卻高得多

先讓人眼睛一亮，接著：

港比西岸是小一點
海比西岸卻大得多

烘托台東得天獨厚的環境，是台北和西岸比不過的。

最後，因為「太陽起來卻早得多」，所以收尾句：

無論地球怎麼轉
台東永遠在前面

讓喜愛台東的人瞬間得到身心靈的解放，相當成功。

整體而言，余光中的詩成就相當高（包含翻譯、評論），如果加上他的散文，他的文學總成績大概是五四以來之最，唯一可以與之並肩的，只有楊牧。

不過，他代表的，是一種一心走格律，加上均勻、對稱、平衡的風格，有這種執念的詩人，目前為止，除了余光中，我找不出第二個了。

周夢蝶

坦白說，我一直很難進入周夢蝶的詩境。

周夢蝶的詩，富含哲理與精妙的玄想，也有宗教的精義，如果讀他的詩，不先懷抱宗教的情懷，恐怕很難捉住詩中飄忽，或神祕的意象，例如

〈六月〉：

霜降第一夜。葡萄與葡萄藤
在相逢而不相識的星光下作夢
夢見麥子在石田裡開花了
夢見枯樹們團團歌舞著，圍著火
夢見天國像一口小蔴袋
而耶穌，並非最後一個肯為他人補鞋的人

「葡萄與葡萄藤」一起作夢，這很自然，但麥子和石田是不搭尬的事物，卻有花開，枯樹還能歌舞……天國與小蔴袋（作者原註提到，這是巴黎聖母院女主角之母『女修士』的綽號，曾為娼），這貴賤性質不同的意象並置，才烘托出「耶穌補鞋」的慈悲情懷，而這情懷，會一直觀照著大千世界。

〈六月〉還算可以進入的詩。

但像〈托缽者〉末段，就有點「難」：

所有的渡口都有霧鎖著
在十四月。在桃葉與桃葉之外
撫著空缽。想今夜天上
有否一顆隕星為你拭默墮淚？
像花雨，像伸自彼岸的聖者的手指……

我能夠感覺，這是「托缽者」在面對眾生時，所滋生的某種情懷，也能感受一份屬於夜的寧靜，似乎在迎接聖者（佛）的出現……但僅此而已，至於十四月和桃葉是指什麼，花雨和從彼岸伸出的聖者手指，其中的關連是什麼，都很難懂，除非跳過不去理它，但若跳過，似乎又少了什麼。

讀周夢蝶的詩，某種程度來說，可能就像讀商禽的詩一樣，得拋開尋溯其字意的企圖，慢慢迴游在其構築的詩世界和宗教的神聖氛圍就好。

不能否認的是，因為宗教義理和精髓在其中，周夢蝶的作品在現代詩中早已自成一家，恐怕之後也難有來者，這是周夢蝶作品的意義所在，也是可貴之處。

第七章

《酉陽雜俎》

自中學起，就很喜歡讀鬼怪小說，多半還是「偷」著讀的；上大學念了中文系，更是肆無忌憚、名正言順地買這方面的「中文」書來看，除了《聊齋誌異》外，也有更古老的《山海經》，和段成式的《酉陽雜俎》。

而今，碩果僅存還留在我身邊的就只有《酉陽雜俎》了。

段成式是晚唐詩人，據說善於詩歌駢文，與李商隱、溫庭筠齊名，稱為「三十六體」（詩風以冷豔為主）。

汗顏，我對他的詩作，所知不多，反倒是他流傳下來的《酉陽雜俎》，因為記錄很多當時的奇聞逸事，可讀性相當高。

唐代人與月球人的第一類接觸

當年看到卷一「天咫」這段故事，不是很明白，感覺他在講一個來自月球的外星人，但又不很確定：

> 大和中，鄭仁本表弟，不記姓名，常與一王秀才游嵩山，捫蘿越澗，境極幽夐，遂迷歸路。將暮，不知所之。徙倚間，忽覺叢中鼾睡聲，披蓁窺之，見一人布衣甚潔白，枕一襆物，方眠熟。即呼之，曰：

「某偶入此徑，迷路，君知向官道否？」其人舉首略視，不應，復寢。又再三呼之，乃起坐，顧曰：「來此。」二人因就之，且問其所自。其人笑（一作言）曰：「君知月乃七寶合成乎？月勢如丸，其影，日爍其凸處也。常有八萬二千戶修之，予即一數。」因開襆，有斤鑿數事，玉屑飯兩裹，授與二人，曰：「分食此。雖不足長生，可一生無疾耳。」乃起，與二人指一支徑：「但由此，自合官道矣。」言已不見。

最近看到幾段紀錄阿波羅登月故事的影片，曾提到《金史》中有記載月球曾經「偏離軌道」的事情，證明月球很可能是一艘大太空船（第八章另外介紹）……突然想到曾看過《酉陽雜俎》這段。

簡單說，這段講的是一個姓鄭與一個姓王的秀才，兩人在嵩山的林間迷了路，向一個白衣人問路，那白衣人告訴他們，他來自月球，月亮是球形（月勢如丸），月亮本身不發光，是靠太陽照耀月亮的凸起之處發光（日爍其凸處也）。還提到，月球住了八萬二千戶人家，如果以每戶三人來估算，就是約二十五萬人，他就是那二十五萬人中的一個。

最後那白衣人打開像頭巾一樣的包裹，展示裡面有「工具」（斤鑿），還送給鄭王兩人「玉屑飯」，說吃了這飯雖不能長生不死，至少能一輩子不生病。

後來我又看到有介紹這段文字的相關影片和報導，認為這是月球人來到中國的證明云云。

我儘管相信月球很有可能是「人造」，但對《酉陽雜俎》這故事還是存疑。

首先，「七寶」是什麼？目前仍未有科學的佐證。第二，白衣人是如何來到地球的？第三，玉屑飯，如果字面義，是磨碎的玉（玉屑）作成的飯，似乎沒有中藥的記載。第四，他如何也能分辨官道和小道乃至「邪門歪道」？

最後，也是最重要的，那白衣人為何會說唐代的河南話（嵩山在今天河南），既然能用鄭王使用的語言來溝通，為何不能說清楚？月球上有八萬二千戶都能說了，為何不能告訴鄭王兩人，他的交通工具是啥。

當然，不能否認「月球靠太陽發光」這觀點，在唐代可能還是很「前衛」的，但也不能排除一種可能，即，段成式靠詩人的想像力，「覺得」月球的光是來自太陽。而他，「猜」對了。

但不論如何，在科學發達的今天，看這些記錄了奇異事蹟的古書，趣味性還是挺豐富的。

解夢

唐代詩人段成式流傳下來的《酉陽雜俎》，因為記錄很多當時的奇聞逸事，可讀性相當高，這回錄幾則《酉陽雜俎》中解夢的故事。

一

有個廣陽人叫王元淵，他夢見自己穿著禮服，靠坐一棵槐樹旁，覺得很奇怪，就去問了解夢師楊元慎。

楊元慎聽了王元淵的夢之後，就告訴他：「你會得到三公（太尉、司徒、司空）的官位。」

王元淵聽了很高興。

等王元淵走之後，楊元慎私下告訴旁人：「我不好把話講全，其實王元淵會在死後才能升官，因為，『槐』字，是『木』在『鬼』的旁邊。」

果然，王元淵後來被爾朱榮殺害，死後被贈司徒的職位。

二

看來楊元慎在當時是個很厲害的解夢大師，有另一個人叫許超，夢見自己偷了人家的羊，被抓入獄。

去問了楊元慎，楊元慎告訴他：「你會當上城陽縣令。」果然，許超沒多久就被封為城陽侯。

三

在江淮地區有個王生，能夠解夢。

有個商人名叫張瞻，在外面待了很久，將要回家前，夢到有人在舂米的缸裡煮飯。就去問王生。

王生回說：「你回去後，可能見不到老婆了，因為在舂米的缸裡煮飯，表示沒有鐵鍋了。」

這商人回家後才知，老婆已死好幾個月了，王生講的果然不假。

四

有個軍人名叫梅伯成，很懂得解夢。有個唱戲的演員李伯憐，在涇州演出時，獲得百斛米的報酬。

由於米太重，無法攜帶，李伯憐回家後，請弟弟去涇州取米，但一直沒有回家，李伯憐有一次白天睡覺時夢到自己在洗一匹白馬，便去請梅伯成解夢。

梅伯成想了想說：「洗白馬，就是瀉白米的意思，你可能有些麻煩。」幾天後，李伯憐的弟弟回家，告訴哥哥說，他在行船載米時，遇到急流，船翻覆了，導致米全都沉入河中，沒有一粒剩的。

講完故事，講講我的讀書心得：解夢這回事，信不信由你。

怪術

輕功一直只在武俠小說中才有，但在現實中，未有人見過，《酉陽雜俎》中的「怪術」，就記載了一個擁有類似輕功的故事。

唐憲宗元和年間，江蘇鹽城，有個跑腿工人張儼，要遞送文件去京師長安，到了宋州，碰到有個人，就說不如兩人作伴一起走吧。那個人告訴張儼：「讓我幫你整一整，你的速度就能快好幾倍。」

於是這人挖了兩個小坑，深五六寸，他要張儼將兩腿伸進坑裡，以針（註，可能是針灸的針）刺其兩腳。

張儼沒有感覺到痛，那人再將張儼的兩隻小腿不斷壓揉，兩個小坑都是張儼腿上流出來的黑血。

弄完後，張儼覺得雙腿變得相當輕盈，才中午，便走到汴（開封），接著那人說，晚上要到陝州住宿，張儼說，他恐怕做不到，畢竟太遠了。

這人就告訴張儼：「我可以暫時幫你把膝蓋骨拿掉，而且不會痛，你一天可以走八百里。」

張儼聽了很害怕，拒絕這麼做。

那個人也不勉強他，就說：「我有要事，今天必須黃昏前要趕到陝州。」說完便走了，步伐像是飛的一樣，一下子就看不見人影了。

看完這輕功的故事，我的心得是：張儼碰到的人，用的方法如果在現代能重現的話，馬拉松拿個幾次冠軍大概會是輕而易舉的事。

故事中，那人從中午到黃昏必須從汴（開封）趕到陝州（今天河南的三門峽），算他五個小時好了，這段路程距離三百多公里，就拿三百公里來計算吧，平均時速六十公里，且不休息，放到今天，馬拉松界舉世無敵。

轉世

《酉陽雜俎》卷十三的「冥蹟」一章裡記載有關轉世的故事，這故事涉及到詩人顧況，可信度相當高。

顧況有一個兒子，十七歲時，得病死了。顧況兒子的魂靈，在顧況的家裡家外四處遊蕩，偶而也會出現在顧況的夢中。顧況悲傷不已，於是作詩一首：「老人喪其子，日暮泣成血。心逐斷猿驚，跡隨飛鳥滅。老人年七十，不作多時別。」

兒子的魂靈聽到顧況吟誦這首詩後，感動異常，於是立下誓言，如果再投胎做人，要再成為顧家的兒子。

過了幾天，顧況兒子的魂靈感到自己好像被一個人帶到一處地方，有一個縣官打扮的人判令顧況兒子的魂靈投胎回顧家。

之後，顧況兒子的魂靈就什麼都不知道了。

等到顧況兒子的魂靈再度甦醒，睜開眼睛，看到自己熟悉的房屋擺設，自己的兄弟親人在自己的周邊圍繞，只是自己說不出話，知道自己已經投胎回到顧家了。

之後，顧況這個再度投胎的兒子又什麼都不記得了。等到這個再度投胎的兒子七歲的時候，有一次，這個新投胎兒子的哥哥故意捉弄他，這個投胎的兒子說道：「我本來是你的哥哥，你怎麼能夠捉弄我？」

顧況一家人聽到後，嚇了一跳。這個投胎的兒子敘述了自己前生的種種經歷，絲毫不差，甚至還能叫得出兄弟姐妹的小名。

段成式敘述完顧況的故事後，說「這才知道羊叔子事情並不奇怪」，而且他也相信是真的，因為這個再度投胎的兒子，在歷史上有名有姓，就是顧非熊，也是詩人，而段成式也曾經拜訪過顧非熊，就是顧非熊把這段故事經過敘述給段成式的。

故事中提到的羊叔子也是中國名人，他是晉朝著名武將兼文人羊祜。

據說羊祜五歲時，向自己的乳母討要一個自己經常玩的金環。乳母說道：「你沒有這個東西。」

羊祜就回：「金環在咱們鄰居李家的東牆附近的桑樹中。」

到了羊祜指定的地方，乳母果然找到了一個金環。李家的人看到羊祜乳母在桑樹中找到的金環，驚訝地說道：這是我家已經死去的兒子的遺物。原來已經遺失了，你是怎麼找到的？

羊祜乳母把羊祜的話跟李家人說了一遍，李家人聽到羊祜乳母的話後，非常悲痛。因此，當時的人都認為，羊祜是李家死去兒子的轉世。

看了這轉世的故事，我的感想是：那些眷戀人世而恐懼面對死亡的人們，如果因知道有來世，獲得生存下去的力量，不再懼怕死亡，且更努力的活著，那麼顧非熊和羊祜的故事還是值得我們信其有。

刺青

有不少NBA球員身上的刺青（或紋身）讓人印象深刻，但現在有很多人，對刺青這回事還是比較排斥，總覺得那是「壞孩子」的玩意兒。刺青，在中國古時候稱為「黥」，多用為對犯人的刑罰，但在唐代，刺青似乎成了一種流行，但刺的東西高雅得多。

《酉陽雜俎》記錄很多唐代的奇聞逸事裡，有一篇章叫「黥」，裡面就講了一些刺青的故事。有的相當高雅。

四川（蜀）有一個軍隊的小將領，人稱韋少卿。他從小就不喜歡讀書，倒喜歡在自己身上刺青。有一次他的叔叔要他把衣服脫掉，看他的刺青。

他脫了衣服後，叔叔發現他的胸膛紋了一棵樹，樹枝上有數十隻小鳥聚集。樹下懸掛著一面鏡子，在鏡子鏡鼻的位置繫著繩索。有一個人，站在樹的旁邊，用手牽著綁在樹下那鏡子的繩索。

叔叔看不懂，就問這是啥。韋少卿說，叔叔你沒聽過詩人張說的一句詩嗎：「挽鏡寒鴉集」，拿著鏡子，冬天的烏鴉都聚集過來了。

很有趣的是，韋少卿是把張說的原詩句「晚景寒鴉集」，故意抽換兩個字，把「晚景」換成「挽鏡」，然後變成一幅畫，紋在自己身上。

張說的詩題是〈岳陽晚景〉，原詩如下：「晚景寒鴉集，秋風旅雁歸。水光浮日出，霞彩映江飛。洲白蘆花吐，園紅柿葉稀。長沙卑濕地，九月未成衣。」

《酉陽雜俎》裡還有個刺青故事也是與詩有關，提到一個叫葛清的人，超喜愛白居易的作品，他在自己身上紋了三十多首白居易的詩意，甚至能反手指著背部某一處的畫，畫的是哪一句詩。

段成式親自去看了，看見紋著一個人在菊花叢裡端著杯子，葛清說，那指的是「不是此花偏愛菊」（按，這是出自元稹的詩）。另外還紋有一棵樹，樹上掛著絲帶，絲帶上的花紋紋得非常細膩，指的是「黃夾纈林寒有葉」（白居易詩句）。

看了唐代刺青的故事，我的讀書心得是：現代自由詩的讀者相當少，不像詩歌鼎盛的唐宋。但看了段成式的《酉陽雜俎》有關刺青紋身的故事，還是挺羨慕的，就不知現在有沒有人會把詩歌畫意紋在自己身上。

我想像，如果是紋鄭愁予的〈錯誤〉，「我達達的馬蹄」，大概就紋一匹馬，走過青石階的街道吧，顧城的「黑夜給了我黑色的眼睛」最簡單，紋一隻眼睛就可！

第八章

《金史》與東坡詩

一直以來，都有指月球其實並非自然天體，而是「人」為的一個「飛行體」，內部是空心的說法。

這個說法，也一直被人當成街談巷議的話題，沒人會把它當成科學的成果來對待。

但是，月球是不是太空船，在中國正史《金史》上早有記載。

月球是飛船

元朝丞相脫脫所編寫的《金史．天文志》裡，記載了一段：

> 太宗天會十一年，五月乙丑，月忽失行而南，傾之復故。

它的大意是，金太宗天會十一年，相當於西元一一三三年，五月乙丑日，換算成西曆，是六月十五日，也就是一一三三年六月十五日這一天，金朝皇宮裡掌管天文天象的官員發現一件很奇怪的事，月亮忽然脫開了它的軌道，往南飛去，沒多久，這個飛走的月亮，又回到它正常的軌道上，繼續它的運行。

也就是說，月球本身是能夠「飛行」的。

由於《金史》屬於正史，其記錄的內容，特別是「天文志」，全是根據宮廷天文天象官員的紀錄如實寫下，沒有政治敏感，故沒有「抹黑改造」的疑慮，可信度很高。

如對照近年科學昌明後獲得的一些數據，更會讓人感到驚訝，例如，有沒有發現，每次日全蝕時，月亮剛剛好可以完全遮住太陽，為什麼會那麼剛剛好呢？

因為太陽到地球的距離是月球到地球距離的三百九十五倍，而月球的直徑是太陽直徑的三九五分之一。所以，「三九五」這神奇數字，就讓月球運行到太陽和地球中間時，月亮剛剛好可以包住太陽。

另外，差不多與金朝同一時期的北宋詩人蘇東坡寫過一首〈遊金山寺〉，詩有二十二句，茲不引述，但其中有幾句值得一提，「二更月落天深黑。江心似有炬火明，飛焰照山棲鳥驚。悵然歸臥心莫識，非鬼非人竟何物。」

凌晨時分，天很黑，月亮不見了；長江的中央，好像有點燃的火把，火焰亮到把整座山給照亮了，連要休息的小鳥都嚇得紛紛飛走了。

蘇軾自言不知那是什麼東西，只好回去睡覺了，但心裡仍奇怪「不是鬼又不是人，那到底是什麼呢」。

那個年代，神州大地的宇宙觀並不開闊，沒有不明飛行物的概念，更沒有外星人的相關想像……（第七章談到《酉陽雜俎》中提到唐代與月球人的第三類接觸，但這月球人，似乎也只是唐代人的『移情』，與我們認知的外星人不太相同。）

蘇東坡詩中問「非鬼非人竟何物」；近千年後的我來回答詩人的問題吧：老蘇啊！你看到了ＵＦＯ啦！

第九章

《李太白全集》

初進大學那年，每個新生會有一個高我們一屆的學長或學姐來帶，請我們飽餐一頓或送個小禮物什麼的，我的學長郭評儀當時送我一本《李太白全集》，想來是中文系總是以詩為尚，而在中國文學史上，一提到詩，第一個浮出的對象，多半就是李白。

這本《李太白全集》就一直陪著我來到加拿大。書中收錄了超過一千一百首詩，相當齊備。最近拿出來翻讀，有些特別的收穫，是以前在讀李白詩時沒有注意到的。

重讀〈靜夜思〉

先聊他有名的〈靜夜思〉：

> 牀前明月光，疑是地上霜。
> 舉頭望明月，低頭思故鄉。

以前我跟朋友聊天提到這首詩時總說，這首詩太平淡，簡直不像詩風偏向華麗壯美的李白作品，甚至認為，除了「疑是地上霜」的比喻有點新奇之外，這是一首詩質平平的五言絕句。

但看到《李太白全集》中，〈靜夜思〉被歸類於「樂府詩」，宋朝郭茂倩編的《樂府詩集》中就有收錄這首，詩略有不同：「牀前看月光，疑是地上霜。舉頭望山月，低頭思故鄉。」

我才明白，因為「樂府詩」是以「合樂」為前提，只是到今天，那些「曲譜」早已失傳，只剩歌詞留下，因此，可以這麼說，〈靜夜思〉原本就是為歌寫的「詞」，而不是詩，難怪那麼平淡，因為它要讓任何人一唱就知其內容。

在《李太白全集》的〈靜夜思〉底下有個小註：「梁簡文帝詩，夜月似秋霜」，意思是這首詩的詩意「可能」來自梁簡文帝的作品。

翻查梁簡文帝（蕭綱）作品，有這麼一首〈玄圃納涼詩〉：「登山想劍閣，逗浦憶辰陽。飛流如凍雨，夜月似秋霜。螢翻競晚熱，蟲思引秋涼。嗚波如凝石，暗草別蘭香。」

李白將那似秋霜的夜月，搬到牀前地上，確是一種會讓人心動的「想家」滋味。

我對這首〈靜夜思〉就有了新的認知。

李白學崔顥

相信大家都讀過，甚至能背誦李白相當有名的〈登金陵鳳凰台〉：

鳳凰台上鳳凰游，鳳去台空江自流。
吳宮花草埋幽徑，晉代衣冠成古丘。
三山半落青天外，二水中分白鷺洲。
總為浮雲能蔽日，長安不見使人愁。

這首詩的出現有個很有趣的傳說，據說李白曾登上武昌的黃鶴樓，被壯觀的景色所陶醉，詩興大發正欲題詩，見到壁上崔顥的題詩，心裡一陣*&→%$#@……遂擱筆不寫了，並說出「眼前有景道不得，崔顥題詩在上頭」，他的感嘆是，崔顥的詩已夠好，他很難再寫得更好，故擱筆不寫黃鶴樓了，去了金陵（今天的南京）看到鳳凰台，才又提筆寫了這首〈登金陵鳳凰台〉。

有人說「崔顥題詩在上頭」的故事是子虛烏有，不過，這不是重點，重點是崔顥的〈黃鶴樓〉真的好：「昔人已乘黃鶴去，此地空餘黃鶴樓。黃鶴一去不復返，白雲千載空悠悠。晴川歷歷漢陽樹，芳草萋萋鸚鵡洲。日暮鄉關何處是？煙波江上使人愁。」

任何人一看都會有同感：這首詩與〈登金陵鳳凰台〉簡直就像「雙胞胎」一樣，長得像極了，應該是李白模仿崔顥的作品，但看了《李太白全集》，會發現李白還寫過一首〈鸚鵡洲〉，比〈登金陵鳳凰台〉學〈黃鶴樓〉更像：「鸚鵡來過吳江水，江上洲傳鸚鵡名。鸚鵡西飛隴山去，芳洲之樹何青青。煙開蘭葉香風暖，岸夾桃花錦浪生。遷客此時徒極目，長洲孤月向誰明？」

崔顥〈黃鶴樓〉的第六句（芳草萋萋鸚鵡洲）就出現「鸚鵡洲」，李白從這裡出發，再學步崔顥，從結構上來看，比〈登金陵鳳凰台〉模仿得更厲害。

〈黃鶴樓〉的「黃鶴」出現在前三句，每句各一次，而李白〈鸚鵡洲〉的「鸚鵡」也出現在前三句，也一樣，每句各一次。甚至第三句（崔顥『黃鶴一去不復返』，李白『鸚鵡西飛隴山去』）都有「飛」的意象。

李白比崔顥年長三歲，且當時的詩名也在崔顥之上，雖未曾見過他對〈黃鶴樓〉置一詞，但他以行動連寫了兩首詩來「模仿」，已表明了他心中早已對〈黃鶴樓〉五體投地了！

第十章

《閱微草堂筆記》

小時候讀過蒲松齡的《聊齋誌異》，除了幾個故事，例如講聶小倩的故事後來被拍成電影《倩女幽魂》之外，其他印象都已不深了，但對志怪之類的筆記小說卻從此產生了興趣。

大學時候，我讀過《山海經》和段成式的《酉陽雜俎》，有個學妹知道我喜歡讀鬼怪故事，還幫我從她因搬家而要清理舊書的書法老師那兒弄了本紀曉嵐的《閱微草堂筆記》。

由於紀曉嵐曾發配新疆，在烏魯木齊待了數年，而我曾於一九九〇年代初去了趟新疆（並為石河子市一個旅遊景點命名『駝鈴夢坡』），很喜歡那邊的風土人情，愛屋及烏（魯木齊），當然也特別偏愛這本《閱微草堂筆記》。

它就一直陪著我走南闖北，從東亞到北美，沒事就拿出來翻翻，隨興地讀書內的故事。（《酉陽雜俎》也跟來加拿大，但《山海經》卻已不知去向。）

這本《閱微草堂筆記》從乾隆五十四年（一七八九）寫下的卷一〈灤陽消夏錄〉到最後一卷〈灤陽續錄〉寫於嘉慶三年（一七九八），寫了九年。由紀曉嵐的學生，也是這本書的編輯盛時彥寫序，書中記載了很多他在新疆的奇異見聞（也包括一些雲貴，甚至南洋的掌故），是真是假，暫且不論，但其中有不少故事，有如伊索寓言，值得深思。

這裡找出幾則有警世意味的故事分享。

〈拒誘〉

一

一有錢人家的子弟，因為太有錢了，結交了一批酒肉朋友，專門找他花天酒地，要不了幾年，竟然把家產給花完，最後給氣死，在臨終之前，他老兄恨恨地跟老婆說：「老子要在閻王爺面前，告這些酒肉朋友的狀。」說完，兩腿一伸，葛屁！

半年之後，他託夢給老婆說：「閻王爺判我敗訴。因為閻王爺說，那些壞蛋妓女，本來就是沒有廉恥，靠吃喝玩樂來過生活，他們誘惑人，取得錢財，就像虎豹吃人，鯨魚把小船給吞掉，如果人不進到山裡面，虎豹要怎麼吃人？如果小船不在海上行駛，鯨魚要怎麼去吞掉小船？你搞到那麼狼狽，還不是你自己搞出來的。怎麼能怪對方？」

二

有一書生因迷戀狐狸變的美麗女子，而思念成疾，最後也是病死。書生的家人在清明節時給他上墳，看到一個少婦在書生墓前燒紙錢，而且哭得很厲害。

書生的老婆認得這狐媚的女子，便遠遠的罵她：「你這死狐狸，一定會遭天打雷劈。」

那狐女聽了之後，慢慢起身，回答書生的老婆說：「我們找男人，是為了補自己的元氣，但若是太超過，天理也不能容；而男人追求女人，就是動了感情，若是貪玩過度，就會傷身。你老公搞成這樣，也都是他自取的。鬼神都不追究我了，你又何必怪罪我呢？」

我的讀書心得是：故事有兩則，道理卻只有一個，人要為自己的所作所為負責，遇誘惑無法克制自己而氣死病死，都是自己作死，怪得了誰！人不入山，虎豹如何吃人，若是太超過，天理也難容啊。

〈鬼追〉

烏魯木齊大獄中，有一名要移送到別的監獄去的犯人，名叫劉剛，這人動作矯健，又孔武有力，但好吃懶做，在被遣送途中，他老兄趁獄卒不注意時逃走了，跑到了根克忒（對不起，紀曉嵐的原文就是這樣，我也不知這是哪裡？只能照錄。）這地方，馬上就要出境了。

這時已是夜晚，他碰到一名老人，這老人告訴劉剛：「你大概在逃亡吧，前面有官兵把守，你很難逃過他們的法眼，不如就在老朽屋裡休息一下，等到黎明，那些耕田的人要出去耕作了，你就混在他們之中，就可以騙過那些官兵了。」

劉剛聽了，覺得有理，就到那名老人的家中，小睡了一下。

不久後醒來，劉剛感覺像做了一場夢，發現自己竟坐在一棵樹的窟窿裡，嗯，不對頭，他想過來又想過去，想過去又想過來，才恍然大悟，前晚招待他到家裡的老人，是幾年前被他殺掉的死者，屍體當時被劉剛丟進山谷中。

他嚇了一跳，正要起身逃走，就被趕來的官兵追上，給逮個正著。

當時，邊疆有個規定，逃犯逃走，二十日內如果自己歸案，可以免死，而劉剛被抓的那時刻，正巧是第二十日快要結束之際，捉拿他的官兵可憐他，商量著要給他一條活路，讓他自己投案。

但經過一個晚上的奇聞怪事，劉剛自知在劫難逃，只好向前來捉拿他的官兵說，他願意就死。於是，官兵們就將劉剛五花大綁，送上刑場。

我的讀書心得：死者的鬼魂可能也想給劉剛一個逃生的機會，但劉剛決定不逃走，說明他最後一刻終於良心發現。

〈啞婦〉

江寧有個書生，住在廢棄的某個家園中，有個晚上，一個漂亮女子來到窗前窺視，書生很清楚，這不是女鬼就是狐狸變成的，但因為生得漂亮，書生也不怕，就請她進屋，但這女的始終不講話，問話也只是笑而不答，如此過了一個多月。

有一次，書生逼著她，如果你再不講話，就如何如何，這女子（鬼）就拿起筆，以字代答說，她是明朝時候某翰林的愛妾，後來病死，但因為她生前喜歡搬弄是非，讓翰林一家兄弟不合，死後被閻王罰做瘖鬼（不會講話的鬼），已有二百多年，如果書生能為她抄寫金剛經十遍，就能助她脫離苦海，她會世世感恩。

後來這書生答應了，為她抄寫金剛經十遍，當抄寫完畢後，這女的再次拜見書生，仍然用筆談方式寫說，她已脫離鬼界，但因為前世業障太重，只能帶著業障投胎，此後還會有三輩子做啞婦，消除了業障之後，第四輩子才能講話。

我的心得是，這女鬼在明朝那一世，應該不只是搬弄是非，還因搬弄是非而害死過人，行為就像今天的「鍵盤俠」或「網軍」一樣……願這故事，能對清潔當今的世道，有一點點幫助。

〈好報〉

獻縣有個大盜，名叫齊大。有回齊大與他的強盜伙伴們去搶劫時，陣中有個盜匪看中一個婦女，想要強姦她，就叫另兩個盜匪綁住該女子。

當時齊大在屋頂上負責把風，聽見女子的哀嚎，就從屋頂上亮出刀，罵著：「誰敢這樣做，我跟他拚了！」目光像是餓虎，其他盜匪看他這樣，只能放了那女子。

後來清朝官兵來抓這群盜匪，除了齊大之外，其他盜匪都被一一逮捕歸案，這些盜匪說，當時官兵追來時，明明看見齊大是躲在馬槽底下的，但搜捕的兵士卻說，他們在抓盜匪時，各處都搜查過，馬槽底下也搜過，但只見到幾十根腐朽的竹子，沒半個人影。

我的讀書心得是，這故事講的是好人有好報，可怪的是，差點被姦的女子沒有死，顯然「幫助」齊大的，不可能是活著的女子，也不是鬼，而是神明。

但這神明是哪裡來的？頭上三尺吧，「舉頭三尺有神明」，不是嗎！

〈鱉寶〉

四川有個官員（藩司）張寶南，是紀曉嵐的堂舅公，張寶南的祖母喜歡吃鱉。一日，張家的廚師買來一隻大鱉準備烹製，剛剁下鱉頭，就有一個身長四五寸的小人從鱉的脖頸傷口跑了出來，繞著鱉的屍體而跑，廚師當場嚇昏，一家人驚覺，將廚師救醒，廚師醒來後，這小人已不知所蹤。

接著剖開鱉的腹部，發現小人還在這鱉的身體裡，但已經死了。紀曉嵐的外祖母曾取來查看，當時紀曉嵐的母親也在旁邊目睹，小人五官相貌乃至衣飾打扮，很像是《職貢圖》（按，是古代用來描繪周邊國家進貢時，各進貢使者特點的圖冊。）上面畫的回回人，戴著黃色的小帽子，衣襟是藍色的，紅色衣帶，黑色皮靴，紋理都很清楚。五官四肢也稜角分明，就像是刀刻一般。

一個私塾老師岑先生說：這小人名叫鱉寶，要是還活著，可就值錢了。人要是能把手臂割破，將此物放進傷口內，他就能依靠吸食人血過活了。只要手臂中養著他，飼養的人眼睛就很厲害，地底下埋藏的金銀珠寶，無論埋多深，一眼就能看見。但鱉寶很脆弱，只要離開鮮血，很快就會死掉。

如果不讓鱉寶離開血，子孫後代可以再割破手臂接著養他，那麼就是代代榮華富貴了。

廚師得知後懊惱不已，每次想起此事都狂搧自己耳光。

紀曉嵐的外祖母聽了岑先生的話後，感嘆道，如果岑先生說得沒錯，那就意味著賭命掙錢，如果不怕賭命掙錢，方法不是很多嗎，何必要割臂養鱉呢？

但這廚師好像一直都無法體會這個道理，最後鬱悶而死。

不知算不算我的讀書心得：看了紀曉嵐寫的這故事，我總覺得紀曉嵐這

「鱉」寶是個隱喻，因為鱉在日常語言中不是個好詞，餵血養鱉賺錢，不就如同得先當個「鱉」孫子才行嗎！

第十一章

魯迅

我讀的這本《魯迅小說集》是一九九四年由詩人楊澤主編，洪範出版。在上世紀九〇年代，魯迅在台灣早已不是禁忌的名字，這本書收錄三十三篇魯迅的小說作品，相當完整。

二十六年後再拿出來重溫，有不同的體會。

〈阿Q正傳〉

別說現在，即使在第一次讀〈阿Q正傳〉之前，我的心中早已先入為主的給了阿Q這個人一個位置，是屬於邊邊角落靠廁所的那個冷僻位置。很簡單，阿Q一直就是用來形容一個不切實際，只會幻想，吃了虧就用「精神勝利法」來安慰自己的「鴕鳥」。

事實上，讀完整篇〈阿Q正傳〉，阿Q這個人的造型和特色，也離我們原先想的不遠，評者很容易得出「阿Q是用來諷刺中國人」的結論。

誠如楊澤在序文〈盜火者魯迅其人其文〉中所言：「從趙太爺到假洋鬼子到吳媽到小D，魯鎮的眾人又何嘗不是阿Q的兄弟至親，成色或有不足，卻皆分得其『一技之長』……他戀愛不成，造反、革命亦不成，最後被槍決……卻替同為看客的讀者我們演出了一場荒涼寂寞之極，恐怖憂懼之極的國族悲劇。」

但現在我對阿Q又有新的看法。

首先，在我眼裡，阿Q的性格，比較趨近於中國道家，特別是莊子的思想。最可以拿來對照的，就是莊子鼓盆而歌的故事。莊夫人死了，莊子卻敲瓦盆唱歌，連來弔唁的惠子都看不下去，還斥責他太過份。

看看莊子怎麼回？他說：「內人剛死的時候，我何嘗不悲傷呢？只是後來想一想，人本來是沒有生命的……現在她回到死亡（有生命前的狀態），這就像四季運行一樣的自然……如果我還為此悲傷痛哭，不是太不通達命理了嗎？」

試想，人死如果能復活，莊子還會如此「想得開」嗎？是因為人死了，就死了，你哀傷也救不回來，何不換個方向想：「她是回到大自然去，不是死了。」心情也就好過一些。

這種說法，熟不熟悉？不就是「精神勝利法」的源頭嗎！

被打了，沒關係，「反正是兒子打老子」，心裡會不會好過些！台灣有句俗諺「吃虧就是佔便宜」，真要去追究，也是阿Q精神，但這種精神用到現實中，往往也能化干戈為玉帛，有何不好？

此外，我也從另一個方向思考，在阿Q那個時代，如果不活得像阿Q那樣，其他「不是阿Q」的人，會很快樂嗎？

在〈阿Q正傳〉中，阿Q真正「不快樂」的時候是小說末尾驚覺自己可能是被押去法場槍決後，才想喊一聲「救命……」

在紛亂的大時代中，每個人都是螻蟻，內有帝制崩潰，引來革命，接著是軍閥割據，外有列強侵略，不管是內是外，百姓都是刀俎上的魚肉，誰敢說那個時代的百姓快樂得不得了？如果很快樂，再去嘲笑阿Q，沒問題。但問題是，那個時代，沒有一個中國人是真正快樂的。

唯有阿Q，在「精神勝利」的心理作用下，活得雖然苟且，感覺上也挺滋潤的，不是嗎？

在最糟糕的時代，最好的選擇，就是做個阿Q。

〈狂人日記〉

〈狂人日記〉是魯迅於一九一八年創作的第一個短篇白話日記體小說，有人說它是中國第一部現代白話文小說，寫於一九一八年四月。我對是不是「中國第一部現代白話文小說」，持保留態度，因為那要看你對「現代」和

「白話」的定義為何。

小說通過被迫害者「狂人」的形象以及「狂人」的自述式的描寫，揭示了封建禮教的「吃人」本質，表現了魯迅對以封建禮教為主體內涵的中國封建文化的反抗。

事實上，〈狂人日記〉讓我注意的是，它的表現方式，其實就是俄羅斯小說家果戈理（Nikolai Vasilievich Gogol-Yanovski，一八〇九年四月一日—一八五二年三月四日）同名小說〈狂人日記〉（一八三四）的翻版。

魯迅和果戈理寫的人物不同，情節不同，但人物都有「被迫害妄想」，都是藉由這種病理，來批判舊社會，也都寄希望於未來，故結尾都有「救救孩子」的呼聲。另外，兩人都採取日記體。

能不能說魯迅「抄襲」果戈理，當然不行，但你可以說魯迅「學」或「借鑑」果戈理的寫作技巧。因為，魯迅自己都承認，在初學小說寫作時，果戈理和尼采等人給了他相當大的影響。

〈狂人日記〉讓我想起莫言。

二〇一二年獲諾貝爾文學獎的中國小說家莫言，其《檀香刑》也有「借鑑」前人的痕跡。

「檀香刑」施刑過程是，首先把犯人捆綁在細木匠精心修理過的光滑的松木板上；然後用一根檀香木橛子，從犯人的「谷道」（肛門）釘進去，從脖子後邊鑽出來；最後把犯人綁在一個露天高台立柱上示眾，讓他經受數天折磨後死去。

莫言從被施刑的犯人的思想狀態回溯來完成故事（因為犯人還要過幾天才死）。莫言曾自稱這種行刑方式「純出想像，無典可憑」（見傅正明〈檀香刑與文身刑——談莫言和卡夫卡的不同文明和美學〉，收錄其著作《地球文學結構》，聯經出版，二〇一三年五月）。

但事實上，一九六一年諾貝爾文學獎得主南斯拉夫的安德里奇（Ivo Andric），於一九四五年出版的小說《德里納河上的橋》（The Bridge on the Drina）中就有幾乎一模一樣的刑罰。

《德里納河上的橋》沒有為該刑罰取名，先讓我們觀其描述——

「衛兵先把他（受刑者）的兩手往背後反綁，再將兩腿往後拉開……，然後他（衛兵）抽出腰間一把匕首，跪下來割破犯人的褲子，再把木樁尖銳的一端猛力地從肛門插進他的體內……衛兵拿著木鎚在木樁的尾端

> 敲敲打打的……」
>
> 「乍然看起來，木樁上的人犯恰似烤棍上的羊肉，差者只是木樁叉進體內……」

與〈狂人日記〉的情況一樣，我們不能說莫言「抄襲」安德里奇，但莫言明明以前人已「創作」的刑罰做小說主軸（別告訴我說莫言讀書不多，沒讀過《德里納河上的橋》，事實上，《德里納河上的橋》這本書的出版，甚至比莫言出生的一九五五年還早十年，中國人民文學出版社一九七九年也有譯本），卻又說檀香刑「純出想像，無典可憑」，顯得不太「老實」。

莫言這樣真的很不好！

〈孔乙己〉

魯迅小說中，著力在塑造「一個」人物的，有三篇，一是阿Q，二是狂人，第三個就是〈孔乙己〉。

這三個人的背後，都象徵（清末民初廣大的）中國人的性格，阿Q象徵中國人在當時的逆境中「自我滿足」的性格；狂人則象徵當時中國人對封建禮教和社會的「（充滿憤怒的）吶喊」。

孔乙己，表面上指涉一個酸腐且無法變通的舊式文人（或讀書人），但骨子裡，我感覺上，是在暗示當時剛剛剛脫離帝制（象徵邁入新時代），但有些人仍然緬懷舊式的生活，加之時局紛亂，給中國的發展帶來危機。

〈孔乙己〉寫於一九一八年冬天，民國才成立七年，前一年（一九一七）七月，張勳發動政變，擁戴宣統皇帝復辟，再前一年（一九一六）則是袁世凱稱帝……如果從歷史軌跡來看〈孔乙己〉，可以看得出一點趣味。

孔乙己在小說中是一個沒有考上秀才的讀書人，缺乏實際技能，懂得「茴」下面的「回」字有四種寫法這些「知識」，然而終究因為沒有辦法「謀生」，也失去了做人的尊嚴，淪落為小酒館裡人們嘲笑的對象。

孔乙己對讀書仍然痴狂，甚至因為偷書而被打斷了腿，其他酒客嘲笑他時，他還辯解：「竊書不能算偷……讀書人的事，能算偷麼！」

最後藉著敘述者（咸亨酒店的伙計）之口，道出孔乙己最後的行蹤——用雙手「走」進酒店沽酒，從此消失在人間……

孔乙己的命運，似乎也就是民國初年的中國局勢縮影。小說中唯一出現的一個中了科舉的角色是「丁舉人」，雖不是反面人物，但也好不到哪裡去，他因為孔乙己偷了自己的書，把他吊起來「打折了腿」。

「舉人」其實就代表著科舉時代，而民國時代還活著的丁舉人，當然就是滿清最好的象徵——科舉廢於光緒三十一年（一九〇五），孔乙己未能中舉，但酷愛讀書，相信也算累積了不少國學知識，但最後仍只能成為低層而「悲」微的小人物。

魯迅在小說結尾，選擇讓孔乙己不知所蹤，顯然是無可奈何的安排，因為當時的魯迅也不會知道中國將往何處去，當然，你可以硬拗說，失蹤之後的孔乙己或許會越過越好，但魯迅在這篇小說的最後一句，卻道出了他的悲觀想法：大約孔乙己的確死了！

魯迅散文集——於今讀之仍會痛

魯迅那樣憤世嫉俗的性格，以一枝躁動且兇悍的筆，在狂亂的時代，寫出來的東西，總讓人心悸不已，感覺上，他就是在用文字，在光天化日下，揭開那底下爬滿蟑螂的惡臭的棉被……

他的小說集，不管是阿Q也好狂人也罷，或酸腐的孔乙己，總有一個窩藏在哪怕是活在今天的我們的靈魂裡。

然而，小說，我們可以當別人的故事來看，看完了什麼都忘了，就像看完兩個小時的超人電影，在電影院中當了兩個小時「超人」，出了影院，就回到現實裡，很清楚自己根本不是超人，所以，我們也不會是阿Q狂人孔乙己！

小說嘛！fiction嘛！虛構的嘛！

大概是怕讀者看不懂他筆下人物在描寫什麼暗示什麼，魯迅還寫了不少散文（嚴格說，在文學分類上比較接近『雜文』），因為不來隱射或暗示，針對當時中國的痛處直陳弊端，寓意比他的小說更加鋒利。

然而這些文章，今天看起來，仍會感到痛。

例如在〈忽然想到〉的斷章裡他寫：「我覺得革命以前，我是做奴隸；革命以後不多久，就受了奴隸的騙，變成他們的奴隸了」、「我覺得有許多民國國民很像住在德法等國裡的猶太人，他們的意中別有一個國度。」

〈戰士和蒼蠅〉：「戰士戰死了的時候，蒼蠅們所首先發見的是他的缺點和傷痕，嘬著，營營地叫著，以為得意，以為比死了的戰士更英雄……然而，有缺點的戰士終竟是戰士，完美的蒼蠅也終竟不過是蒼蠅。」

〈說面子〉一文中，他則另外說了一則小笑話：有一個專愛誇耀的小癟三，一天高興的告訴別人道：「四大人和我講過話了！」人問他：「說什麼呢？」答道：「我站在他門口，四大人出來了，對我說：滾開去！」讓人發笑，但想到是為什麼而發笑後，隨之就會感到了羞愧！

這就是魯迅，魯迅特有的春秋筆法！

第十二章

現代（散文小說）作家系列

余秋雨之一：《文化苦旅》

余秋雨的散文作品在一九九〇年代可謂紅極兩岸，但坦白說，他能端得上檯面的，就兩部散文集，一是《文化苦旅》，二是《山居筆記》，不能否認的是，這兩部書，也足夠讓他登上現代散文大家的寶座了。

我先談《文化苦旅》。

《文化苦旅》的意義是，它促進了旅行（或曰旅遊）文學的發展。中國的旅遊文學，論單篇作品不少，一時也推究不出哪是第一篇旅遊文學作品，但論著作，第一本應該是明代徐霞客的《徐霞客遊記》。

不過，旅遊文學這個概念一直沒有建立，直到余秋雨的《文化苦旅》問世後，才慢慢形成一個文學分類。

而《文化苦旅》中開篇的〈道士塔〉，則無疑是當代旅遊文學中極重要的一篇，文章主題其實是講當年看守莫高窟的王道士（王圓籙）如何私賣敦煌寶物，而讓後來的學者們無力又無奈的感嘆。

第一段介紹莫高窟的「風景」：「莫高窟大門外，有一條河，過河有一溜空地，高高低低建著幾座僧人圓寂塔。塔呈圓形，狀近葫蘆，外敷白色。

從幾座坍弛的來看，塔心豎一木樁，四周以黃泥塑成，基座壘以青磚。歷來住持莫高窟的僧侶都不富裕，從這裡也可找見證明。夕陽西下，朔風凜冽，這個破落的塔群更顯得悲涼。」

接著帶讀者去看「塔」，因為修建那塔的主人就是王道士。接著王道士「一身土布棉衣」地出場了，還「目光呆滯，畏畏縮縮」。

接下來，學戲劇出身的余秋雨，以舞台劇的方式，把時間拉到一九〇〇年五月二十六日清晨，早起的王道士發現了寶物到私賣寶物給歐美學者的經過……

這些描寫，當然都是作者編出來的，但頗為傳神地把中國早年的窮，同時因窮而無法保護自家文物的無力感摹寫得相當生動。

王道士當年是否真是不識珍寶文物的大老粗，儘管有人提出反證，但也都會提到余秋雨這篇〈道士塔〉，說明單單〈道士塔〉一篇在文學上已有立足之地，也給了後來的旅遊文學寫作，一個很好的示範。

余秋雨之二：《山居筆記》

個人認為，《山居筆記》是余秋雨作品中最耐讀最好看，但爭議也最多的一本。書中只收錄了十一篇散文，都是長篇，篇篇都精彩。

余秋雨寫的雖是散文，但他文章中有些字句我都能背，例如〈一個王朝的背影〉，最後講完王國維自殺之後，他感嘆「一個風雲數百年的朝代，總是以一群強者英武的雄姿開頭，而打下最後一個句點的，卻常常是一些文質彬彬的淒怨靈魂。」

又例如〈蘇東坡突圍〉，當差人以繩子捆紮著一個世界級的偉大詩人，一步步行進時，余秋雨點評「蘇東坡在示眾，整個民族在丟人」。

壓軸的一篇是〈歷史的暗角〉，印象很深刻，在台灣《聯合報》副刊發表時，篇名則是〈論小人〉，文中舉了中國歷史上的「小人」，加以分類批判，讀來暢快淋漓。

雖然〈歷史的暗角〉一文看得出來，裡面也有宣洩作者被人指控在文革時期做了不少虧心事的怨憤，但對於讀者來講，最重要的是，從〈歷史的暗角〉中，還是能讀出某些「道理」。

余秋雨喜歡從歷史中建構他的文學世界，而歷史又是一門專業，一不小心很容易出錯，因此，這本《山居筆記》出版後，引來不少學者詰問，甚至還有出書批判的，例如我手邊就有一本金文明寫的《石破天驚逗秋雨——余秋雨散文文史差錯百例考辨》，見書名就知內容梗概。

金文明批余秋雨的情況，就像李敖當年寫《大江大海騙了你》批判龍應台的《大江大海一九四九》，不過，我想說的是，余秋雨和龍應台，都是藉歷史來發抒文學的感動，至於這歷史如何解讀，言人人殊，本就無對錯。

當然，基本常識的錯誤還是得認，例如余秋雨寫朱熹死在一一九九年，金文明說是一二〇〇年，為這一年之差，非要上窮碧落下黃泉地找出證據寫一篇批駁，你也沒辦法；《山居筆記》很受歡迎，再版時改過來就是了。

不管如何，有人急著找《山居筆記》的歷史錯誤，多少表示這本書還是值得一讀。

朱天心：《擊壤歌》

現代文學中，有沒有早熟的才子，我不知道，但放眼華文世界，朱天心絕對夠得上才女「榜」前兩名（因為我不太清楚有沒有其他，因此保留一個名額）。

她主要是寫小說的，著作中也雜有散文集，但遠不如她的第一本書《擊壤歌》來得流傳更廣，這本《擊壤歌》是自傳體散文，誠如其副標題——北一女三年記，內容以記述朱天心在北一女中時的生活為主，曾被譽為台灣高中版未央歌。

北一女中是台灣升學率最高的女校之一，能考進去的女孩，不僅讀書都是一等一，多半也都有讀書之外的才能。

朱天心出身自寫作家庭，父親是寫有《八二三注》的小說家朱西甯，母親是翻譯家劉慕沙，姐姐朱天文也是小說家，（就連朱天心的丈夫謝材俊，也是自稱「專業讀書人」的作家），這樣的背景，多少促動了她早熟的寫作才華。

可能是寫作《擊壤歌》時也不過高中大學的年齡，生活和筆下都充滿陽光，字裡行間流暢生動，又帶有年少豪情，與一點點因對時間或環境的敏感而生的感傷。

就像這一小段——年輕人轟轟烈烈的抱負，是一場洛陽三月花如錦的繁盛。然而，花兒終究是要謝的滿山滿谷的，成就的人們是些晚熟的花兒，雖是萬綠叢中一點紅的矗立枝頭，但不免有許孤單冷清，和惘然，而且還是要落。

我在高中讀這本書時，感受到明快的節奏就如同我每日生活的步調，舒緩的沉吟，又與我在面對厚厚教科書的心情差不多，讀起來很容易進入書裡的情境。

這本書一九八一年初出版四十年來，已不知再版了多少次，每次翻讀，都能感受到朱天心的才情，在文字裡恣意漫遊……

算算，朱天心《擊壤歌》中北一女的時代，是一九七〇年代中期，那個時代的青年，擁有的情懷，不再是今日的青少年能夠擁有的，就像《未央歌》的西南聯大時代，在我們面前，也是一片朦朧的霧景。

我們可以擁有的，就是到書裡去，感受那個時代的感受。

趙慕嵩之一：《遊走中國》

要談台灣的旅遊文學，特別是中國部分，勢必也要談趙慕嵩，他出過很多本書，與旅遊有關的，也都跟中國有關，分別是這本《遊走中國》，還有《前進西藏》（算是《遊走中國》的第二集）、《趙老大看北京》、《趙老大闖三峽》。

先講趙慕嵩，人稱趙老大，是台灣的資深記者，擔任過很多家媒體的記者，他退休前任職的最後一家媒體是《時報周刊》，當時我也在《時報周刊》擔任編輯。

他在《時報周刊》工作崗位上退下來後，報社感念他，送了他一部筆記電腦，他另外用了退休金，在中國大陸買了部吉普車，帶著妻子，「遊走中國」，同時一邊遊，一邊寫旅遊文章，在《時報周刊》刊登。

他的旅行是有目的，刻意規劃了路線，但在整理出他的第一本遊記《遊走中國》時，也做了刻意選擇。

第一條就是「二萬五千里長征」，從毛澤東的湖南故鄉韶山開始，一路井崗山、瑞金……延安，在結束後，還特別去了趟西安事變的現場。

再來是三峽和黃河源。

嚴格說，趙慕嵩的筆法基本上就是「報導」，一路報導當時的「現狀」，筆下很少抒情，與余秋雨是兩個不同的路數，讀者就像閱讀「上世紀九〇年代」的中國狀況。

例如他提到井崗山的重鎮茨坪，有八十多家賓館，一年有八個月是開會季，究其原因，是人人都想到井崗山「朝聖」，但交通不便、花費太大，因此，開會成了「朝聖」最好的方式。

從上世紀走過來的讀者，對這一段描寫應能心領神會。

趙慕嵩在寫作中，還帶入了很多歷史素材，提高了可讀性，這很容易理解，要談「二萬五千里長征」，如果不帶到當年的內戰，幾乎不可能，於是看趙慕嵩的遊記（或報導），宛如在爬梳一小段近代史。

不只是歷史，趙慕嵩在描寫驅車經過的一些道路、鄉村和遇到人情事故時，簡單而純樸，或許是記者的天性使然，筆下沒有文學的感情，反而讓人感到真實和現場感。

這本書在遊記的寫作上，有特別的風味。

趙慕嵩之二：《趙老大闖三峽》

趙慕嵩幾本遊記中，這本《趙老大闖三峽》有點特別，雖然他一生走過六次三峽，最早是一九四三年抗日戰爭時，先從湖北恩施去重慶，抗戰勝利後，走三峽至南京，接著就到了台灣。

一九八七年兩岸開放返鄉探親，趙慕嵩即辦理去中國，先到他童年成長的北京，第三天就奔向重慶，走三峽。

在《遊走中國》中，也有散篇講三峽，但這本《趙老大闖三峽》是明顯在三峽大壩拍板興建後，算是對那幾個在大壩完成後將會被淹在水中的古蹟古城做最後巡禮。

開篇〈老不死的古城，終於死了〉，就以小說筆法寫奉節「斷氣」的日子，那天早上，屠書記（屠德成）刮了鬍子去迎接縣委書記，舉行江邊樓房的拆毀儀式，以配合三峽蓄水。

這一路就從屠德成與「老」奉節之間的感情說起，接著還有卓寡婦、楊駝子、馬哥等虛構人物一一登場。

書中也有真實人物的採訪，這部分讓我印象頗為深刻；例如他訪問了揹竹簍的工人殷師傅，面對三峽大壩工程的生活變化，連殷師傅的孫輩也加入了竹簍工的行列，而殷師傅的兒子則去了重慶，加入「棒棒軍」的行列。

這一家子都是苦力世家，是趙慕嵩的抽樣，相信也是其他苦力世家的寫照，他們未來的命運或許會隨著三峽命運的改變而改變，也各有不同，但他們卻有個共同的身世——來自農村，教育程度都不高，連小學都很難畢得了業。

趙慕嵩平實的描寫，卻讓人彷彿走回當年的三峽人民群眾裡去。

《趙老大闖三峽》跳脫了趙慕嵩一向「秉公報導」的風格，從不同角度寫那些即將被淹沒的古城和古蹟，揉合小說和新聞報導的筆法，為讀者留住古城的容貌，在三峽大壩完成多年後重新去讀，別有一般滋味！

有許多早逝的作家，他們留下的著作和作品，隔了時空讀起來，總有特別的感受，一種酸酸的感受。

王尚義：《野鴿子的黃昏》

我知道王尚義這名字，一是一九七六年一部改編自他的小說〈野鴿子的黃昏〉的同名電影（由秦漢和張艾嘉主演）；另一則是李敖曾出書提到他的前女友王尚勤，就是王尚義的妹妹。

王尚義一九五〇年代末進入台灣大學醫學院醫學系，算是學霸，但真正的興趣是哲學與文學，會拉小提琴、會畫油畫、會刻印，多才多藝，大二時想轉哲學系，但被父親拒絕。

又和表妹胡建華談起戀愛，卻受到姑媽強烈反對，轉而學佛。沒想到醫學系畢業不久，就因肝癌成為台灣大學附設醫院的病人，一九六三年去世，死時才二十六歲。

死後他的親友幫他把遺稿整理，出了好幾本書，其中以《野鴿子的黃昏》，引起反響比較特別，書中同名小說，寫的是主人公深愛的表妹，在姑母的阻撓下，表妹在一次參加國際會議時，出了國，一年後在國外訂了婚，並且「趕回來舉行婚禮」。

主人公「悄悄」地去參加了表妹的婚禮。小說後面，他感嘆：「表妹遲早是要交出的，可是沒有人顧慮這樣的交出去有何意義。」隨著半年後表妹生了個男孩、姑母當選好人好事……「這真是興隆的時代，殘酷的歲月撕碎了永恆的畫面，也埋葬了我的一切懷念……」

相當言情，但中間摻雜著那個年代的青年，無法主導愛情的一種失落感。一九九四年七月間，台灣發生兩個北一女的資優生相偕燒炭自殺的社會新聞，因為兩個死者生前的「書單」中有這本《野鴿子的黃昏》，而讓王尚義的名字被記起。

王尚義寫作這篇小說的五十多年後，我再看一遍，總覺得那個時代的愛情氛圍已與現在大大不同了，即使失戀的人再讀它個一百遍，應不至於去做傻事吧！

李敖之一：《大江大海騙了你》

李敖，應該不用再多做介紹了；他的著作不下百本，曾於一九九九年出版四十巨冊的《李敖大全集》。晚年原擬整理後期著作，編為《李敖大全集》第四十一至八十五冊，未成而逝。

不過，在他所有的著作中，這本《大江大海騙了你》滿特別的。一看書名就知道是衝著龍應台的《大江大海一九四九》而來，按博客來對書的介紹，提到李敖寫書的目的是「拿出真材實料的證據拆穿龍應台的無知、荒謬和瞎扯。」

我在介紹余秋雨時，提到過《山居筆記》出版後，引來不少學者詰問，甚至還有出書批判的，例如金文明寫的《石破天驚逗秋雨——余秋雨散文文史差錯百例考辨》，為了朱熹死在一一九九年，還是一二〇〇年，竟能寫篇長文……

李敖《大江大海騙了你》也有相似的況味，但李敖在批駁龍應台的書時，倒沒有金文明那麼「細微」，李敖表面是批龍應台，骨子裡還是在打國民黨的史觀。

這本書以「自問自答」的方式展開，以閑話方式又罵又論，一開始就擺明了他寫書的用意，他先問：「你寫了一輩子的書，在書名上，你都沒有這麼強烈的針對性，這回怎麼這麼大火氣？」

然後自答：「太氣人了吧？多少年來，我們與蔣介石及其『文學侍從之臣』抗爭，最後把蔣介石鞭屍、把走狗打得哇哇叫，夾尾而逃。本來已經在清掃戰場了，不料又冒出一群『蔣介石超渡派』，在打招魂幡，這是我看不下去的。」

所以，龍應台在李敖眼中，持的就是「國民黨立場」，還在馬英九任台北市長時擔任過文化局長，這讓李敖非常不爽，當龍應台以文學作者或文化人身分去扛歷史的大旗，出的問題，對李敖來講，不找則已，要找，肯定一大堆。

不過，《大江大海騙了你》的內容，有不少地方對既成的歷史做了翻案，例如太原五百完人，其實只有四十六人（依《山西文史資料》）……又如名將張靈甫和邱清泉，國民黨一向都說是「舉槍自盡」，李敖則分別舉了「粟裕戰爭回憶錄」和中共的官方記錄，兩人都是被打死的……

如果撇開李敖對龍應台的「恩怨」，忽略書中的一些情緒話，單從尋找歷史的真相角度來看，這本《大江大海騙了你》值得一讀。

李敖之二：《蔣介石評傳》

李敖，很有爭議的人物，他的著作有很多很多，由於他的歷史專業，加上曾坐過國民黨的黑牢，在蔣介石時代入獄，出獄時已是蔣經國時代，在蔣經國時代又因普通刑事案件（侵佔家產和誣告）坐過半年牢，因此，在他寫有關近代史，特別是與國共與蔣家相關的歷史時，對蔣介石少有好話。

《蔣介石評傳》是與另一歷史學者汪榮祖合著，在史料的搜集和研判上，少了「李敖色彩」，多了些比較客觀的論述，很值得一讀。

這本《蔣介石評傳》分上下兩冊，比較引我興趣的是下冊開篇（第七章）談「蔣汪雙簧之謎」。

因為汪精衛是不是漢奸，我也抱著懷疑的態度，當然我的理由不重要，「證據」比較重要，而在「蔣汪雙簧之謎」裡，李敖（和汪榮祖）的懷疑理由與我差不多，那就是汪精衛當年怎麼能輕易離開重慶，去昆明再轉河內。

要知道那個年代，即使是一般老百姓要離開重慶都不容易，更不要說是「國民黨要員」，所以李敖認為，他（汪精衛）離開重慶的國民政府，出走到南京去，絕對是蔣介石，國民黨的掌握之中，甚至根本就是故意的。

馮玉祥在〈我所認識的蔣介石〉一文中，就提到這點；而李敖更舉出一個來自陳公博〈八年來的回憶〉為例說，汪氏在離渝前曾對陳公博說過：「我在重慶主和，人家必誤會以為是政府的主張，這是於政府不利的。我若離開重慶，則是我個人的主張，如交涉有好的條件，然後政府才接受。」因此，整個事件其實是，汪精衛為了取信於日本，營造與蔣介石不合的假象，讓日本去信任他。

本來汪精衛到河內，是為了發表和平主張，採納與否，權在中央（汪當然作不了主），本來一切到此為止。但一九三九年三月二十一日發生河內刺汪案，結果誤中副車，汪精衛沒事，他的祕書曾仲鳴枉死……

這一暗殺行動是由蔣的特務王魯翹（到台灣後當過台北市警察局長）執行，這才讓汪精衛氣炸，於二十七日公布了國民黨的祕密會議紀錄，清楚載明蔣介石根本才是真正主和派。

而汪在遭蔣介石「過河拆橋」沒成之後受到刺激，轉赴南京，成立偽政權，而這一作法，又回過頭來破壞了蔣介石本來想與日本求和談的路，當時蔣介石主導了全中國的輿論，很輕易就把汪打進「漢奸」這一派。

抗戰初期，汪其實是主戰，後轉為主和，但蔣則是始終如一的主和，這有蔣個人的感情原因（所以不要奇怪為什麼後來有『以德報怨』這事），我不去評斷，但李敖這本《蔣介石評傳》倒是給了我們重新審視這段公案的材料。

金耀基：《海德堡語絲》

以一本書成就一所名校的，我個人印象中就兩本，一本是吳詠慧的《哈佛瑣記》，另一本就是《海德堡語絲》。

作者金耀基本身是社會學者，一九八五年九月金耀基赴德國的海德堡大學任訪問學者，那時正是落葉滿地的初秋時分，把海德堡裝扮得很美，在那山清水秀的地方，除了讀書，金耀基就在靜靜的徜徉中，寫下了十篇精緻的散文。

但這本書，除了成就海德堡大學（及城市），它還成就了一個人，那就是知名的社會學家韋伯（Max Weber）；韋伯是現代社會學的宗師，海德堡大學就是當年韋伯讀過書，教過書的地方。

講社會學離不開韋伯，而韋伯、海德堡、社會學這三者美妙的關係，就被金耀基悠閒的筆調下悠閒地呈現。

因此，在我的閱讀過程中，最喜歡看的，就是他爬梳相關的歷史，在第一篇文章〈重訪海德堡〉中，就提到：

> 海大社會學研究所就在海德堡「老城」的中心，坐落在尚達巷（Sandgerse）。後面是藏書二百二十萬冊的粉紅色巨石砌成的大圖書館和樸素的十五世紀的聖彼得教堂。左邊就是見了不能不想多站一會兒的「大學廣場」。但憑一己之信念與羅馬教廷爭抗，隻手推開宗教改革的馬丁・路德就在廣場的「獅井」旁主持過一場波濤洶湧的辯論，那是十六世紀初葉的事了。

講起宗教來，金耀基承認「就不能不講政治」，因為海城幾百年來都是日耳曼的一個政教中心。他寫下：

> 今日的海德堡「老城」可說是十七世紀在（三十年宗教戰爭）灰燼中重建的。大學廣場上著名的巴洛克式的「大學老廈」（Old University Building）就是這個時期的建築。海德堡大學自一三八八年誕生以來，

她的命運與海城的政教史就結下不解緣。其實，海大就是帕拉丁「明君」盧柏特（Ruprecht）在七十七歲時創立的。所以大學也以他及十九世紀另一位大學恩人卡爾大公（Grand DLike Karl）為名。

在〈韋伯・海德堡・社會學〉中，詳述了韋伯對社會學的重要性，金耀基一句話很實在地說明了韋伯的重要：「任何研究現代社會歷史現象的學者可以贊成或反對韋伯，但很難從他身邊兜過去，不能不與他有對話。」

在《海德堡語絲》中，除了領略學者筆下的海德堡秋意，還對韋伯，或說社會學，多了那麼一點的認識。

王丰：《我在蔣介石父子身邊的日子》

哪怕是對近代史一知半解的人，對一九四九年發生的事和兩個主角——蔣介石和毛澤東，也都知道。在一九九〇年代前，雖然有關的故事和傳聞很多，但也就是傳聞而已，那個年代前後，儘管兩岸慢慢解封，但對兩大強人的事，仍然諱莫如深。

於今來看，一九九四年倒是滿特別的一年。這一年一月由王丰記錄翁元口述的《我在蔣介石父子身邊的日子》出版，同年十月，則是李志綏的《毛澤東私人醫生回憶錄》出版，從兩大強人貼身侍衛和醫生的角度，為讀者提供了「平凡」強人的第一手資料。

先講《我在蔣介石父子身邊的日子》。

翁元是蔣介石時代的總統府內勤侍衛人員和貼身侍從副官，之後也擔過蔣經國的貼身侍從副官，無時無刻伺候著蔣氏家族及其近親。

在他口中，蔣氏父子的生活差異極大：蔣介石生活與古代帝王無異，夏天有人隨側搧風、洗澡有人代勞、至偏遠山區遊歷需人抬轎，連飲用水都要保持固定溫度。

而蔣經國生活節儉成性，行蹤神祕，不喜人伺候，但卻是一個天生的政治人物，人前人後呈現雙重性格；而他無法忌嘴，使得家族遺傳的糖尿病，最終將他擊倒。

翁元更陪伴蔣氏父子病魔纏身的晚年，以及臨終前的急救，親睹強人的凋零。

雖然沒有評論，但在平淡的敘述中，讓人一看就了解到蔣家為何會在兩蔣過世之後衰敗得如此快速。特別是在敘述第三代（孝文、孝章、孝武、孝勇）時，總會令人嘆息。

例如孝文：孝文昏迷後有一天，蔣經國到醫院去看望臥病中的孝文，蔣經國望著昏迷的孝文，不禁悲從中來，不斷輕聲重複：「Allen！爸爸對不起你！」蔣經國的愧疚主要是因為孝文繼承了蔣經國從毛夫人遺傳來的糖尿病。

蔣孝武則是「在他結束出使海外生涯之後，卻突然在一次健康檢查中，無故暴卒」。

還提到一九八七年的行憲紀念日，蔣經國在台上講話，民進黨人在台下持布條抗議；那之後不久，蔣經國過世，民進黨還說蔣經國是被他們氣死的，實際上，蔣經國在大會講話時，病情已很嚴重，視力又差，根本不知道有人在抗議。

翁元的口述，透過新聞人王丰的筆鋒，將蔣介石父子的「平凡」一面，生動地再現出來，讓人對蔣家的興衰，能掌握一些脈胳，這本書現在還能在書店找到，值得一讀。

李志綏：《毛澤東私人醫生回憶錄》

不管你認為毛澤東一生是功大於過，還是過大於功，還是功過相抵，不管你對他的評價如何，他那「平凡」的部分，肯定都是很吸睛的，而做為幾乎被「神化」的中華人民共和國建國第一人的私人醫生——李志綏，寫出來的近身觀察，也肯定是最具說服力。

《毛澤東私人醫生回憶錄》的可讀性與價值也立基於此。當然，很多人想看毛澤東的「情史」，在書中也有記載，比方說，一九六二年二月，李志綏與毛澤東等人一起搭乘專列前往廣州，毛與一軍官妻子和另一幼兒老師在專列上「待了很久」，李志綏點到為止，但讀者一看就知是怎麼回事。

但整體而言，我對這本書的「真實性」，某些部分仍持保留。

有些地方，我個人覺得李志綏有誇大之處。例如有關田漢被整的「緣由」。按這本回憶錄的說法是，一九六三年，李志綏在聊天中，推荐毛澤東看趙燕俠出演的新京劇《李慧娘》。

之後，上海《文匯報》為文批判說這齣戲有影涉共產黨「用死鬼來推翻無產階級專政」之意；幾個月後，江青問毛澤東是誰推荐的，毛澤東說記不得了，但江青非要查出是誰出的主意。

無奈之下，李志綏「同毛商量」，說是毛看了田漢一篇稱讚《李慧娘》的文章〈一株鮮豔豔的紅梅〉，想到要看這戲……於是江青「抓到了攻擊田的題目」。

但是我在搜尋引擎中找到的資料卻是另一種說法。田漢被整，是三年後（一九六六）文化大革命開始後不久，《人民日報》刊登〈田漢的《謝瑤環》（按，田漢的改編劇本）是一棵大毒草〉等批判文章所引起，文章認為田漢的《謝瑤環》是「反黨反社會主義」，與《李慧娘》關係不大，李志綏硬要扯上來，彷彿田漢是被他所害，委實有點誇大。

另外，在毛死前兩個月，李志綏提到時任中央辦公廳主任的汪東興曾跟他「透露要逮捕江青的計劃」，我也感到很大的懷疑。

我不懷疑汪東興可能早就有整肅四人幫的想法，但以「中央辦公廳主任」這樣的位階（了解中共官制的，必知道『辦公廳主任』是個相當『圓滑』，也需要相當強的政治手腕的工作），會一早去跟一個私人醫生「透露」他的逮捕計劃，我認為可能性不高。首先，即使你相信李醫生，但你永遠不知道李會不會「不小心」洩露天機，而且，對一個中央高階官員，要逮捕另一個掌權者，肯定是先保密到家的，畢竟一個拿不準，江青反咬你一口，那可是生死交關的事。

就算你算準毛一死，江青就失了靠山，但別忘記，那時還有三人（姚文元、王洪文、張春橋）都是權力在握的……

簡言之，李志綏是個私人醫生，從身體健康的角度去看毛澤東，讓人信服，包括他講「毛到死前都是滴蟲攜帶者」；但牽涉到政治的部分，有些地方總讓我感到「怪怪」的。

要提醒的是，說是「回憶錄」，還真的是「回憶」，李志綏雖然之前有寫日記的習慣，但文革時，因怕惹禍上身，都已燒掉了；因此，此書憑「記憶」寫下，不一定準確，可以理解，只是我比較相信的，還是其中講毛「健康」的部分。如此而已。

王溢嘉：《古典今看——從孔明到潘金蓮》

讀醫的不當醫生而成為文學名家，前有魯迅，之前介紹的王尚義算半個（因為他活的時間太短，還難看得出一生全貌），而近代的王溢嘉是另一個。

與王尚義一樣，王溢嘉也是台灣大學醫學院的高材生，畢業後只當了兩個月的醫生，就決定棄醫從文，專事寫作，由於他的醫學背景，從他的視野看文學作品，往往有特別的風景。

《古典今看——從孔明到潘金蓮》一書有不少篇章是以精神分析的角度去解讀文學作品的人物，例如〈從精神分析觀點看潘金蓮的性問題〉，就很有意思，也有不少新意，「從精神分析的眼光來看，武松並非超我（superego，這是精神分析學的術語）的象徵。這個打虎英雄事實上代表的是另一股非法力量。」

不過，讓我印象深刻的卻是〈美麗與哀愁之外——林黛玉的愛情、疾病與死亡〉。

王溢嘉判斷林黛玉罹患的肺結核，在第三十四回，黛玉在寶玉送來的絹子上題詩時，「覺得渾身火熱，面上作燒」，照鏡子發現「腮上通紅，真合壓倒桃花」，在八十二回「滿盒子痰，痰中有血星」……正是肺結核症狀的忠實紀錄。

肺結核的症狀為發燒（但體溫不是很高）、臉現紅暈，它剛好可做為林黛玉愛情力量的一種象徵，暗指那是一種熱情，但卻屬於內在悶燒的熱情，具有壓抑的成分。吐的血則可以象徵她對愛情的至死不渝。

林黛玉的死於肺結核，除了象徵「浪漫愛」的必然結局外，更代表了一個「藝術家」的理想歸宿。「藝術家」決定她死亡的方式，而「浪漫愛」則決定了她死亡的時刻。

最有趣的是，王溢嘉反問：「如果林黛玉得的不是肺結核，而是亦常見於當時社會的痢疾，需經常跑廁所拉肚子，吐出來的是胃中的穢物……那麼這浪漫愛會大為『失色』……」

因此，文學作品，特別是與愛情有關的文學作品，如果要安排男女主角生個病，要嘛就是肺結核，要嘛就是癌症，而且還不能是肚子會鼓起的肝癌，因為「形象」不好看。

這是王溢嘉提出的浪漫小說的「套路」，卻害得我再看《紅樓夢》時，老會想像，這個林黛玉要是在遊花園時，突然痢疾一發作，當場就找個假山，躲到大石背後，撩起裙子，蹲下來嗯嗯的樣子……

黃仁宇：《萬曆十五年》

這本書很有名，流傳得很久，至今仍長居閱讀銷量排行榜上。

作者黃仁宇在一九五九年完成其博士論文《明代的漕運》後，感到自己對明代的財政制度只有一知半解，為了解決自己的疑惑，於是開始廣泛蒐集明史資料，另參考奏疏筆記、各地方誌，搜尋有關的新舊著作，於一九七八年寫成這本《萬曆十五年》。

奇怪的是，如果細讀，其實《萬曆十五年》是一本非常嚴謹的書，但黃仁宇的敘述方式，卻是一派輕鬆的筆調，「西元一五八七年，在中國為明萬曆十五年，論干支則為丁亥，屬豬。當日四海昇平，全年並無大事可敘……在歷史上，萬曆十五年實為平平淡淡的一年。」

平平淡淡的一年，要如何展開他的「人歷史」呢？他就從這一年陽曆三月二日的一件小事開始：

消息傳來，皇帝要舉行午朝大典。雖說午朝大典已經多年未舉行過了，大臣們心中驚奇皇帝陛下為何突然要舉行午朝大典，但無一人敢怠慢此事。於是文武百官立即奔赴皇城，

禁衛軍們事先也沒得到有關通知，不知道有大典舉行。但看到文武百官大批趕來，也就都以為確係舉行大典，所以也就沒多加阻攔，通通放行。進了皇城。文武百官看到端門午門前並無一人，城樓上下也無朝會的跡象，連

站隊點名的御史和御前侍衛「大漢將軍」也不見蹤影。文武百官心中不免揣測，所謂午朝是否訛傳？

果然，所謂午朝大典乃是訛傳。

這件小事弄得萬曆皇帝龍顏大怒，要禮部調查，但毫無結果。萬曆皇帝更加惱怒，於是把罰俸範圍擴大到在京全部供職官員……

透過一件烏龍午朝，帶出萬曆皇帝時代那繁瑣而令人窒息的典章制度，描寫了整個朝廷就是一個主要由文人管理的機構，這個機構刻板地按照祖宗不變的法則運轉，問題越積越多，把整個帝國壓得喘不過氣。

黃仁宇聚焦在幾個與萬曆年間有關的人物，如申時行、張居正、海瑞、戚繼光和李贄等人，來輻射出大明方方面面的問題。

這是黃仁宇「大歷史」觀的精神所在。

書很好看，也很能讓人從中學到看待世局的新角度和方法。

黃仁宇：《赫遜河畔談中國歷史》

《赫遜河畔談中國歷史》是繼《萬曆十五年》之後，黃仁宇另一本以他的「大歷史」觀寫作，談論中國各朝代問題的作品，從〈孔孟〉到最後一篇

〈元順帝〉，剛好銜接了《萬曆十五年》代表的明朝。

在《赫遜河畔談中國歷史》中，他比較強調數字管理。

在沒有標題的「開場白」中，他一開始就提到居住的地方：

> 我住在紐普茲（New Paltz）的一個村莊裡。這地方靠赫遜河（Hudson River）西岸不遠，是紐約市及紐約州州會奧本尼（Albany）公路上的中心點。這村莊在一座小山之上，四境土地呈波狀起伏。地質的主要構成因素是頁岩。
>
> 紐普茲是種蘋果的好地方。蘋果樹根有能力透過頁岩層吸收地下的水分及滋養。所以這村莊十里內外到處都是蘋果樹，成為本地最重要的資源……一到收穫的季節，即有承包商以巴士將摘蘋果的勞工大批載來，男女老少都有，他們都是中南美洲人，操西班牙語，也只有工頭才能帶領他們。食宿問題，都自行解決，不驚動本地居民，並且來時即工作，蘋果摘完裝箱後全部員工即時離境。
>
> 紐約的蘋果，行銷各州，也等於加州的橘柑、佛州的橙柚一樣。

黃仁宇藉著紐普茲的蘋果業「勾畫著一個資本主義社會的樣態和做事的程序」，而現代資本主義的精髓就是「數字管理」。他也從「資本主義為何未能實行於（帝制）中國」這個點發想，鋪陳了這本《赫遜河畔談中國歷史》。

可以拿來與開場白對照的是〈王安石變法〉，文中提到王安石的「新法」提出「不加賦而國用足」的理論，其方針乃是先用官僚資本刺激商品的生產與流通。如果經濟的額量擴大，則稅率不變，國庫的總收入仍可以增加。

黃仁宇認為「這也是刻下現代國家理財者所共信的原則，只是執行於十一世紀的北宋，則不合實際。」

他指出，王安石身處的官僚體系「在傳統的交通通信條件之下，官方無法確悉每一納稅人的資產（按，即數字管理），尤其無法追究其轉買頂當。至於抽累進稅，更是技術上為難的問題。於是只在鼓勵小自耕農各安本業，又竭力防制兼併，更以極低的稅率，扁平的向全國徵收。在行政方面說也就是不注意真切，不講究效率。」

兩宋在中國歷史上，算是相當富有的一個朝代，王安石想要引進類似現代資本主義尚且困難重重，其他朝代更不用說，因為最大的一個關鍵，就是

「官僚體系」。

問題其實也不在「官僚體系」（只要有政府，一定有官僚），而是這體系是否也能很好的以「數字」來管理，而不是一味去隱瞞數字，彰顯官威。

我想，能夠讀通《赫遜河畔談中國歷史》，多半也就能看透世局了。

何國慶：《萬曆駕到》

何國慶曾是慈濟加拿大分會的執行長，因為採訪的關係，我跟他還算有交情，也曾一起上過電台的談話性節目。二〇一七年時承蒙他送我其大著《萬曆駕到》，讓我有點驚訝，原來他對明史相當有興趣；那時我正重讀黃仁宇的《萬曆十五年》，便跟他多次討論明神宗的功過。

我記得有段對話是這樣子，我說：「明神宗在位四十八年，他死後再經過光宗、熹宗，到思宗（崇禎），僅僅二十四年就結束了；這或是跟他執政後期的三十年，對政事心灰意冷，加上久病不癒無法處理政事，造成怠政有關。」

何國慶笑著回我一句：「崇禎皇帝天天上朝，明朝卻亡在他手上。」

當時我也笑笑沒有回答。我知道何國慶是幫萬曆皇帝講話的，他甚至認為明朝的國力是在明神宗時代達到頂峰，三大征（按，指神宗先後在王朝西北、西南邊疆和朝鮮展開的三次大規模軍事行動，都獲得勝利。）就是最好的例子。

之所以有「為崇禎翻案」的底氣，是因他收藏有不少萬曆時代的文化藏品，在《萬曆駕到》書中，除了文字的論述之外，還佐以藏品圖片，讓這本書變得相當有意義。

其中值得拿出來「印證」何國慶說法的，是講「楊鎬」的一節。

萬曆二十五年，日本豐臣秀吉大舉發動第二次侵朝戰役。萬曆皇帝命楊鎬向豐臣秀吉寫了一封勸降國書《與豐臣秀吉書》。在國書中，楊鎬先對豐臣秀吉曉之以理，再動之以情。

何國慶寫道——

這封國書恫嚇豐臣秀吉「臣與君抗，天理不容」，並指日本在前一年發生大地震，這是「神明殛（懲罰）之」。且豐臣秀吉已六十多歲，但兒子還未滿十歲，奉勸他「壽命幾何，子未十齡孤弱何恃」，還不如速行罷兵休養生息。

何國慶認為，萬曆皇帝並非史家想得那麼糟糕，他的不上朝，也沒有影響明朝政治制度和官僚的運作，否則哪有這個氣力給這個統一日本，建立武家政權的一代英傑豐臣秀吉寫「勸降書」。你試著給美國總統拜登或俄羅斯的總統普京寫勸降書看看……

另外，如果能拿黃仁宇的《萬曆十五年》與《萬曆駕到》對照著讀，也能體會到一種特別的趣味，相互印證，對萬曆皇帝的認識也會更多些。

白先勇之一：〈歲除〉

在一九四九年到台灣的那一代「外省人」中，有公務員、軍人、商人，也有平民百姓，每個人跨海來到一個陌生的島嶼，身上唯一的細軟，就是不同的心情和故事。

雖然龍應台曾想以《大江大海一九四九》，來寫部隊的這部分，但因牽涉到歷史，卻未能以更嚴謹的態度去面對，被李敖以一本《大江大海騙了你》給批得一文不值。

反倒是白先勇，能以他生動的小說筆法，相對更「全面」，也更真實地反映了這群苦難一代人的「世相」。

很多文學評論家，喜歡流連在被改編成影視作品的小說（如〈金大班的最後一夜〉、〈玉卿嫂〉……），但我卻注意到一些比較少被談及的作品。例如〈歲除〉這一篇。

小說講一個在軍中不得意而退役的賴鳴升，他的生命巔峰，是抗日戰爭時在四川當連長的那段日子，其後又參加「台兒莊之役」，死裡逃生的經驗，是他記憶裡最光榮、最神聖的一件生活記錄

其中這段我印象很深刻，那是賴鳴升在劉營長家過除夕時，與一個軍校學生俞欣的對話——

賴鳴升在餐桌上講述當年參加台兒莊會戰，提到一場戰役後他騎著馬跟在黃明章團長後頭巡察，「只看見火光一爆，他的頭便沒了，身子還直板板坐在馬上，雙手抓住馬韁在跑呢。」賴鳴升也挨轟下了馬來，半個胸膛被轟掉，馬則被炸得肚皮開了花……

當俞欣感嘆的說了句「那一仗真是我們的光榮」之後，賴鳴升不屑的回應說：「光榮？你們沒上過陣仗的人，『光榮』兩個字容易講。」

這段對話中，其實今天來看，並未過時。

很簡單，因為戰爭不是電腦螢幕上那種永遠打不死，子彈沒了，一個按鍵動作，彈匣就裝滿了……那麼輕鬆浪漫；我當過兵，拿過槍，看了白先勇的〈歲除〉，仍會臉紅——沒錯！我真不好意思說「光榮」、「偉大」之類的風涼話。

我們能做該做的，就是避免戰爭，避免無辜的傷亡。

白先勇之二：〈花橋榮記〉

白先勇的〈花橋榮記〉，沒有特別讓人難忘的故事內容（例如〈遊園驚夢〉、〈金大班的最後一夜〉……），但寫一九四九那批「外省人」的感情，卻很容易引起那個時代人的感情共鳴。

〈花橋榮記〉透過開飯館的「春夢婆」第一人稱敘述，描寫她的廣西老鄉盧先生的故事，盧先生一心想著在大陸上訂了親的對象，而三番兩次拒絕了春夢婆想幫他討媳婦的好意——

> 一個大年夜，我便把盧先生和秀華都拘了來，做了一桌子的桂林菜，燙了一壺熱熱的紹興酒。我把他們兩個，拉了又拉，扯了又扯，合在

一起。秀華倒有點意思，儘管抿著嘴巴笑，可是盧先生這麼個大男人，反而害起臊來，我慫著他去跟秀華喝雙杯，他竟臉紅了。

當春夢婆表明了秀華也有意時，盧先生突然放下臉來，一板正經的說道，「請你不要胡鬧，我在大陸上，早訂過婚了的。」

盧先生在被他表哥騙說要將他未婚妻偷渡到香港，而騙走了他十五年的積蓄後完全崩潰，胡亂娶了個洗衣婆阿春……最後落魄而死。

小說結尾，盧先生死後，春夢婆在整理盧先生的房間時看到一張照片，白先勇在描寫這張照片時，讓讀者回想之前盧先生的荒唐行徑之餘，卻有更多的感慨——

果然是我們花橋，橋底下是灕江，橋頭那兩根石頭龍柱還在那裡，柱子旁邊站著兩個後生，一男一女，男孩子是盧先生，女孩子一定是那位羅家姑娘了。盧先生還穿著一身學生裝，清清秀秀，乾乾淨淨的，戴著一頂學生鴨嘴帽。我再一看那位羅家姑娘，就不由的暗暗喝起彩來。果然是我們桂林小姐！那一身的水秀，一雙靈透靈透的鳳眼，看著實在叫人疼憐。兩個人，肩靠肩，緊緊的依著，笑眯眯的，兩個人都不過是十八九歲的模樣。

〈花橋榮記〉讓我想起了大學時期〈詩選〉教授傅老師，一生未婚，在課堂上，總愛透過老花鏡片後那淒迷的眼神跟我們說：我未婚妻是我青梅竹馬的表妹，她沒有跟著我出來……

星子安娜：《鏡子與窗戶》

居住在加拿大東部的華語詩人星子安娜，一九九九年移民加拿大後，自二〇〇三年開始寫詩，迄今有近百首中英文詩歌發表，其英文詩多次獲獎，其中包括二〇〇五年安大略省的Ted Plantos紀念獎和二〇一〇年和二〇一三年的MARTRY文學獎。

二〇一五年曾獲安省密西沙加市選聘為該市「第一屆桂冠詩人」，在兩年的桂冠詩人任內，積極進行中英互譯，讓當地母語為英語的民眾更多地了解華語詩歌。

星子安娜著有五本詩集，二〇一九年她在台灣秀威資訊還出版過中英雙語詩選《愛的燈塔》；但令人注意的是她的譯作，這部分包括英譯中和中譯英，而這方面的成果，匯集在《鏡子與窗戶》（Mirrors And Windows）。

《鏡子與窗戶》收入選譯的詩，加拿大（英語）詩人二十七人四十五首、美國和英國（英語）詩人十二人十六首，與中港台加（華語）詩人二十人三十首（這部分是以英文譯華文詩）。

以華文譯英文（或其他語言），最麻煩的是，既要了解原詩想表達的意念，又要讓華文讀者讀來像是譯者的華文創作，很不容易。

例如，在譯Kateri Lanthier詩作〈觀音燈〉（Guanyin Lamp）的第二段第二句「your small right-hand finger」，星子安娜直譯成「小右手指」，感覺上，「右手小指」或更接近原作者看到的觀音像（右手通常會舉起擺出蓮花指）。譯成「小右手指」似乎只是指觀音像與真人尺寸相比的「小」……是否也是作者的原意，難說。

真的很不容易。

星子安娜的譯作中，有不少譯得到位且相當好，例如Laura Lush的〈冬天〉前三段：

那麼這就是冬季——
又有什麼殘存於世
既然秋季離開了我們
去到地下

和曾經茂盛的草，果殼，
以及所有剩餘的種子。

讀下來，如果不看英文原文，會覺得這就是中文寫作的詩。不過，整本集子最令人驚喜，則是最後一輯中的七首詩，是星子安娜在譯詩過程中的「有感」所得，第一首〈大雪〉是她在英譯洛夫的〈初雪〉時，觸發她的感動寫下，最後，我們也感受一下作者的感動吧：

如何承受那無邊的孤獨？
如何度過那漫長的黑夜？

在您身後，遠處一片蒼茫……
一再沉默。
但願我在您身邊
傾聽您…或者讀您的信，
但願時間不會流逝——
就像愛握住了，
就像凍僵的知更鳥又復活了……

而雪，不斷落下
在遠處，在身上。

第十三章

金庸武俠（兼談古龍）

幾代人的記憶——金庸，二〇一八年十月底成為了永恆，享年九十四歲。他的作品陪伴六〇年代、七〇年代、八〇年代和九〇年代人們的青春歲月，但他的影響力覆蓋了全球華人世界。

一九八六年台北遠流的「金庸作品集」出版時，作品集的封底有這麼幾句：「從台北到紐約，從香港到倫敦，從東京到上海，中國人所到的地方，他們可能說不同的方言，可能吃不同的菜式，可能有不同政治立場，但他們都讀——金庸作品集」。

雖有廣告性質，但並不誇張。

就算你沒看過金庸武俠的紙本書，至少也會看過改編的影視劇。不過，大家較熟知的《鹿鼎記》、《笑傲江湖》、《書劍恩仇錄》、《神鵰俠侶》……都是大部頭，也是被改編最多的，但是有兩部篇幅較短的小說，則少有人提及，我覺得卻是嚴重被低估的。

《連城訣》

誠如前面所言，金庸的小說，較被人熟知的，幾乎是大部頭，因此敘述複雜，小說中往往藏有多條主線，在改拍時，除非是電視連續劇，如果是電影，導演在兩小時的片長中，只能「精選」方便揮灑的部分。

《連城訣》算是金庸系列作品中篇幅比較短的，但書中就有狄雲、戚芳（加上萬圭，就是三角戀）和丁典、凌霜華兩段愛情故事。而尋找連城訣，原本是尋找「武功秘笈」，最後則變成尋找寶藏的埋藏地，從而揭示出人性的醜惡。

書的情節很緊湊，但一九八〇年由邵氏出品、導演牟敦芾拍攝的《連城訣》（同樣是二〇一八年十月，比金庸早幾天在溫哥華過世的武俠明星岳華，在片中演出凌退思一角），就必須省略狄雲、戚芳這部分，丁典、凌霜華也不得不草草帶過。

金庸的大部頭小說，人物多，敘述複雜，但脫不了一般武俠慣有的主題——正邪兩派對決，有個男主角（和反派的主要角色），和一個或多個女主角，再搭配其他綠葉角色，添一點歷史（野史）的元素而完成。

《連城訣》與其他大部頭武俠有幾點很不同，首先，它沒有明確的歷史背景，以眾家英雄好漢為爭找「連城訣」為單一故事主軸，第二，它沒有我們概念中的大俠，依小說內容分析，男主角是狄雲，但狄雲武功平平，而我感覺，武功最厲害的是練成「神照功」的丁典，但丁典在小說一半就中了凌退思在凌霜華棺木上抹上的毒藥而身亡。

第三，也是我認為最重要的，就是它的主題是「揭示人性醜惡」，不管是最後眾人搶珠寶、凌退思為了奪寶不惜殺親生女，或萬圭設局騙戚芳的感情……《連城訣》就是要告訴讀者：人性並不美好，而男主角狄雲最後的下場，也是孤獨離去！

換言之，我認為，《連城訣》是金庸小說中，唯一一部在讀完後，會讓人對其內容一思再思的作品，超越了武俠小說的「通俗」格局，難能可貴。

《俠客行》

與《連城訣》相似的是，對慣寫大部頭武俠小說的金庸來講，《俠客行》的篇幅也算是「小品」了。

或許是因「小品」，篇幅不長，看得出金庸在《俠客行》中花了不少心力去描寫孿生子石破天（憨厚慈愛）和石中玉（奸詐使壞）的不同。

其實，石中玉出現的篇幅不多，小說中有大約七成的篇幅是石破天（因長相與石中玉相似）「被誤認」成石中玉，並突然成為「長樂幫」的幫主之後發生的一系列陰錯陽差，造成情節迴環起伏，趣味叢生。

就這一「假作真時真亦假」的故事安排，可見出金庸鋪排小說結構的功力，只是，這樣的功力在大部頭武俠小說中，很容易被複雜的敘事內容給淹沒了。

「歪打正著」成為一幫之主的石破天，開始時心理上不適應，即使在「享受」了身為幫主而獲得的各種方便後，仍然試圖告訴大家這是一場誤會，可見得其本性善良，與大部分透過第三者描述的石中玉成為對比。

在（遭人設計後的）證據證明了他就是石中玉（才是長樂幫的真幫主）之後，石破天潛意識似又慢慢接受了自己是因大病而遺忘身分的事……

待石中玉在小說後段出現，石破天才得做回自己。

這樣的安排，對一般小說家來講，是一種挑戰。因為沒有很高超的寫作技巧，很難在字裡行間將不同性格，卻有同一個幫主身分的兩人梳理清楚。

小說最後，因嫉恨石清／閔柔而把他們孿生子之一的石破天搶來當「狗雜種」養大的梅芳姑，在最後一章事情被揭穿後，選擇自殺來回報她無法與石清結連理的憾恨，卻始終沒有說出石破天究竟是不是石中玉的孿生兄弟。

雖然讀者心裡有數，這石破天必是石中玉的孿生兄弟，但金庸若在最後藉梅芳姑的口道出真相，就顯得很庸俗，他選擇戛然而止，留下一點餘味，讓讀者去想、去討論，甚至辯論，正是高明的藝術處理方式。

古龍小說之我見

歷來談武俠小說，總愛將金庸和古龍並列，就如唐詩的李杜；但坦白說，讀過金庸之後再看古龍，會發現文字的使用功力上，古龍距離金庸很遠很遠，不要說金庸，在現代武俠領域上，古龍的文字功夫比起溫瑞安（《四大名捕》、《神州奇俠》……）也遜色很多。

也就是說，兩人其實不在一個檔次上。

古龍之所以能夠「上位」，大約有兩個原因，第一，就是在金庸開始寫小說的六〇年代和七〇年代，其作品有很長一段時間在台灣是禁書，能看得到的現代派武俠，就是古龍（溫瑞安當時的主力是辦詩社和寫詩）。

第二，我認為牽涉到古龍作品的特色，就是邵氏楚原執導古龍小說改編的電影，我印象中最早就是《流星蝴蝶劍》，接下來「楚留香」系列、「天涯明月刀」系列、「李尋歡」系列、「陸小鳳」系列……

古龍的拙處在文字，他沒有金庸豐富的歷史知識，能將史料融入武俠，文字也很簡單（在台灣報紙連載時，常常因喝酒沒寫稿，而由編輯代班補寫），但他會讓每部小說弄得很「懸疑」，有時是劇情懸疑，例如西門吹雪和葉孤城，兩個天下第一決戰；有時則是人物懸疑，例如「流星蝴蝶劍」中的律香川原來才是大壞蛋……

從某個角度看，古龍小說，是武俠裡的「推理小說」，是武俠小說界的「松本清張」。

金庸的小說，時間軸往往拉得很長，特別是那些大部頭的小說，很適合電視劇，但拍成電影，要如何精簡敘述，對編劇和導演都是大考驗；而古龍的小說，適合拍電影，在兩小時的情節中，讓觀眾的心情跌宕起伏，但拍成長篇的連續劇，就要摻很多水分。

可以這麼說，古龍的小說，讀起來很快，幾乎都是人物與人物之間的對話，且往往看過一遍，就不會再去摸第二遍，不像金庸小說，有時一部小說會讀兩三遍（如《鹿鼎記》）。

但古龍的電影，至今我時不時仍喜歡找出他與楚原合作的電影ＤＶＤ來看。

如果不以文字分高低，在現代武俠中，我是贊成將金庸古龍並列的。

第十四章

現代詩歌

淺談賈淺淺

最近中國有關「屎尿體」的詩歌爭議，突然成了熱門話題，討論的範圍已超出了詩歌圈和文學界，讓人有點驚訝。

所謂「屎尿體」，「創始人」是小說家賈平凹的女兒賈淺淺，所以，「屎尿體」又被稱為「淺淺體」，由於她被拿出來熱議的系列作品多的是描寫「屎尿」，因此，稱「屎尿體」較為容易認知。

由於賈淺淺被拿出來熱議的作品大多粗俗不堪，這裡只引一首我認為「還好」的，〈我的娘〉：「中午下班回家／阿姨說／你娃厲害得很／我問咋了／她說 上午帶她們出去玩／一個將尿／尿到人家辦公室門口／我喊了聲「我的娘嗯」／另一個見狀／也跟著把尿尿到辦公室門口／一邊尿還一邊說／你的兩個娘都尿了。」

單看這一首，坦白說，我相信絕大部分讀者想的，跟我一樣——哪個文盲寫的？

這樣的「詩」哪可能登得了檯面，但問題是，它的作者賈淺淺的身分（賈平凹女兒），就能讓這樣的文字（很不忍心稱它是『詩』）登了出來。

我並不反對把屎尿入詩，但既是詩，就要有一些基本的質素，現代詩不要求音韻節奏，但基本的賦比興還是得具備，很多年前我也寫過將屎尿入詩的作品（所以我沒可能反對屎尿入詩），題目是〈出恭記〉，我刻意把出恭與當年的國共內戰「並置」，企圖製造一種諧趣。

詩中可以有風花雪月，當然也可以有屎尿；但屎尿在詩中，如果無法像風花雪月「自帶」美感，那就最好不要把它當成是寫詩的最後目的甚至全部。

看過幾首賈淺淺的「屎尿」作品，只覺得，她的目的，就只是（或只會）把屎尿寫進去而已，前舉的〈我的娘〉只是其中一例，但可以看得出其風貌。

不過，我更在意的是，她正兒八經寫出來的作品又是如何，就像你要識笑畢卡索的畫「我也會畫」之前，先看看他的素描功力。

我們來看看她這首比較「正常」的〈椰子〉：

有些海水被繫在了椰子裡
成為安靜的內陸湖

它拒絕參與時光的扎染
像古文中的賓語前置
你只能垂手站立
仰望於它

要我來簡評的話，這首詩的最大問題是「賓語前置」這四字。按說這四字應是開啟進入這首詩的鑰匙，但又很難讓人了解這「賓語」指的是湖、椰子，還是海水。

說是被前置的「賓語」，看起來指的是「海水」（因被『前置』了），那麼主語似乎就是椰子了（是椰子這個主語，把海水繫起來），但第二句的內陸「湖」，按句意，指的想必就是「海水」了，那麼，海水應該才是「主語」，賓語是椰子才對……（如果拿掉『像古文中的賓語前置』，這些問題就沒有了。）

「時光的扎染」指的是什麼，是椰子、海水、成為內陸湖的海水，還是都有？……整首詩的意象太過錯亂，沒有章法。

最後一句「仰望於他」中的「於」是贅字，去掉的話，「仰望」的力量更強。

因此，坦白說，這首〈椰子〉是一首劣品。可以看得出，作者寫詩的功夫，還有……呃！很大很大的成長空間。

或者她的能力也就到此為止了，我不好置評。我能說的是，賈淺淺代表的，就是中國大陸現代社會中的一種特別現象，這現象有個逗趣的名兒：拼爹！

向明：《無邊光景在詩中》

嚴格說，向明應屬前輩詩人，其詩平易近人，在生活中取材，形成一種風格。但我個人認為，他在「詩話（隨筆）」方面的成就，遠遠高出同時代不少詩評家之上，值得搬出來特別介紹。

詩話在中國文學史上有其特殊地位，在古代，詩話往往是一般平民了解詩歌的鑰匙，但不知為何，從自由詩白話詩發展出來之後，雖然有不少相關論文，但像古代那種「即興式批評」的詩話，卻少見及。

有些詩人有散篇，我自己以前也寫過「闢山樓筆記」，但沒有單獨成書；而向明在寫詩之外，也專力寫詩話（或詩隨筆），且出了不少書，成就也相當大。

向明第一本詩話集《客子光陰詩卷裡》（耀文出版）是一九九三年出版，往後又出了數本，都是讀者進入詩天地的絕佳範本。

之所以特別拿出手邊這本《無邊光景在詩中》（秀威），是想介紹其中一篇〈花生總統的詩真摯感人——談卡特詩集《永久的思慮》〉，因為，七月十日美國前總統卡特（Jimmy Carter）才與妻子羅莎琳‧卡特（Rosalynn Carter）於家鄉喬治亞州普萊恩斯（Plains）慶祝結婚七十五周年。這時再來看向明的文章，感受很特別，因為這篇文字，我才知道卡特原來還是個詩人。

《永久的思慮》是卡特的第五本詩集，收四十五首詩，有很多是獻給某人或某一群人，但有一首獻給「某一群人」的，題目是〈空洞的眼、腹、心〉，其中有一段：

一個人孤單單地在一中國廣場
面對怒吼的坦克，而別的人都避開了
他站在那裡是為我們大家的自由呵

但少有人在乎他現在是死了還是被關

寫的，就是一九八九年的事，顯然，沒當總統的卡特，以詩這種文學體式來關心時政，還是相當令人感動的。

《無邊光景在詩中》書中還有一篇〈詩性總統歐巴馬〉，提到這位前總統在大學時曾發表過兩首詩：〈老爸〉（Pop）和〈地底下〉（Underground），也算是詩人出身，在其第一次當選總統的就職典禮上（二○○九年），還請到非裔女詩人Elizabeth Alexander寫頌詩。

讀向明的詩話（隨筆），真能打開詩的眼界。

琹川：《詩在旅途中》

歷來對於詩（或散文）的即興式解讀，多半是以隨筆或詩話方式；要不就是賞析方式，以讀者角度去一句句解讀某一首詩；更高段的，就是評論或論文方式。

但琹川的《詩在旅途中》有點特別，它不是隨筆、詩話，不是賞析，更不是評論和論文，它有一個副標題叫「詩語飛翔」，不容易理解，但讀過這本書，會比較清楚，原來作者是將詩作「解構」，以抒情散文抒寫，重新架構一首詩。

舉例比較好說明，她解讀詩人辛鬱的作品〈歲月篇〉，開頭這樣寫：

一生有多長？綿綿密密地交織著愛恨情愁，猶似那理也理不清情節的長篇小說；一生有多短？總在回眸間一眼看盡，濃縮成一滴淚，一幕定格畫面，或者一片清朗的月色。

或許生命不應以長短來看待，在歲月曲折難測的迷宮裡，如何不混亂、不迷失，而能認清方向，堅持找到真我的出口，也許才是它真正的意義吧！

然後順勢帶出〈歲月篇〉的第一段：

多麼清脆的呼喚之聲
源自那日出之地

時光啊
一柄燦亮的匕首
鋒刃耕作我肉質土壤
你收穫血色五穀

辛鬱這首詩寫的是對生命的歌頌，以一天的「日出」比喻生命的開始，琹川則以「找到真我的出口」帶出這第一段，似乎也在為〈歲月篇〉的意義定調。

然後一路以抒情的筆鋒，一段一段讀出辛鬱的感觸。

作者的解讀到了後面，則相當動人：「猶如我常戀戀回首那蒼茫漫長的旅程——如今所有的愛恨情愁已然燒盡，我無限感懷，並為自己的堅強引以為傲，歷練之後的本質仍完好如初，只因我從不曾放棄對你的守望，守望你，守望真我的完成，守望死亡的聖袍莊嚴地覆下——」

俗氣一點說，讀到這裡，作為讀者，感受是挺「舒服」的。

不過，與其他幾篇不同的是，在解構了辛鬱的詩作之後，琹川最後還是寫了自己的「賞析文」：「《歲月篇》一詩流露出謳歌的氣息，在辛鬱諸多色調稍顯深沉的作品中，是篇較具有亮度之作。詩中可見作者如何時時堅守自勵，於生命的磨練中焠取精純本質，以求完整美好的回歸，那份真誠與執著令人十分感動。」

感覺上可以不太需要這樣的賞析作結，讓風格更為一致。

菲華詩人作家和權

菲律賓自認為純粹的華人約有一二百萬，其先祖大多來自福建閩南，其中又以泉州為最多，還有一小部分來自廣東。

據說在菲律賓，有華人血統的其實超過一千五百萬人，過去由於漢學教育不發達，少有機會接受華文教育，也由於信奉天主教，結果大部分被同化成純粹的菲律賓人。其中只有五分之一因為接受華語教育而未被澈底同化。這部分占菲律賓總人口數約百分之二。

這批菲裔華人，又有極少數在當地從事華文寫作，以華文文學傳承中華文化，形成了意義相當特別的菲華文壇。

其中，和權的成果最為顯眼。他的創作主要是詩，尤其是小詩，是他創作的主力，已出版了二十一本詩集。

他的小詩，語言乾淨，意象明晰，很自然就能領略和權想表達的意念。我手邊的《和權詩文集》就選錄了不少這類精致而又發人深省的小詩，例如這首〈砲彈與嘴巴〉——

砲彈
至今仍在天空中
呼嘯
它發自
百萬張
千萬張
高喊正義的
嘴巴

詩要表達的意念很清楚，戰爭中，不管是主動挑釁或者是被動迎戰，每個國家射出去的砲彈，都帶有「正義」的口號。

另外，一系列以中藥為主題的〈以藥引詩〉，也頗耐讀，例如第一首寫

「當歸」——

行血
益氣
也治心痛
舊僑
新僑
記得當歸否

做為中藥聖品的當歸，主要用做調補氣血，但能治心痛，主要是《本草綱目》提到，「古人娶妻為嗣續也，當歸調血為女人要藥，為思夫之意，故有當歸之名。」

思夫也是一種「心痛」，但和權在這首小詩中，用來暗喻海外華人的思鄉心緒，最後以「記得當歸否」，看似反問，實際也傳遞出了作者的心情。

一九九〇年代初，我曾去馬尼拉拜訪過包括和權在內的多位菲華詩人作家，深覺華文在菲律賓生根之不易，對他們的努力心生佩服。他們的作品值得我們關注。

葉維廉的詩論

我對文學評論的興趣，是來自大學時讀了葉維廉的詩論著作《飲之太和》（時報）而萌發，因為他的文學理念，是基於老莊思想為基礎的道家美學，老莊的哲學理念也一直影響我的人生觀。

我不確定道家美學是不是葉維廉第一個提出的，但我可以確定的是，道家美學經由他的文學（主要是針對詩歌）評論演繹而發揚。

葉維廉是普林斯頓大學比較文學博士，當然「比較」的，是中西（歐美）兩邊的文學，葉維廉又受老莊思想影響，在觀察比較或者探討中西文學時，點出了因為文字特有的繪畫性，使得中國古典詩歌產生一種「以物觀物」的特色，這是英文詩很難達到的。

他在〈中國古典詩中的傳釋活動〉一文中提到：「中國古典詩裡，利用未定位、未定關係，或關係模棱的詞法語法，使讀者獲致一種自由觀、感、解讀的空間，在物象與物象之間做若即若離的指義活動。」

直接舉例吧，先看王維的這兩句——

大漠孤煙直
長河落日圓

其實這是一幅畫面，很容易在腦海中重構，如果硬要翻譯成白話（大漠上有煙直上天空，長長的河流，上面有太陽落下了），味道就沒了。大漠／孤煙，和長河／落日，兩組意象擺在那邊，讀者只要「看」到就能感受到那畫面，但很可能因個人經驗，人人「看」到的畫面不同。

說起來就如同中國字中的「會意」，比如「果」字，上面那個「田」就是水果的造型，在「木」（樹）上，就是水果的意思。

葉維廉說，老莊思想講究的也是這種「以物觀物」的精神，讀者從中領略出新的意義，這也影響到西方電影技巧：艾森斯坦（Sergei Eisenstein）就在《Film Form and Film Sense》一書中直言，「蒙太奇技巧的發明，是從中國六書中的『會意』而來」。

葉維廉舉杜甫詩句「國破山河在」為例，被戰火搞殘的國家，與依然春夏秋冬的山河並置，更顯出悲切的效果。

當然這跟中文單字單音，而形成兩字或三字成一個音節有關，它讓五言或七言詩讀出來有頓挫感，因此，把兩三個意象（以音節形式）放在一起，不去解釋，卻把解釋權交給讀者，這是中國古典詩詞迷人的地方。

葉維廉的文學理論圍繞著道家美學的主軸，成為他獨特的風格，也很迷人。

第十五章

運動文學

可能有不少讀者是第一次聽過「運動文學」這個詞兒，即使聽過，也不太去細究它的內涵。簡單說，運動文學就是以運動（如籃球、足球、羽球……）為主題，傳述文學的感動。

其實，運動文學在歐美的發軔不算晚，加拿大百科全書（Canadian Encyclopedia）中就有一個章節名為運動文學（Sport Literature），但主要的表現是在小說。

根據加拿大百科全書的記載，運動小說在十九世紀末期的英國和北美非常流行，多半以英國作家休斯（Thomas Hughes）的《湯姆求學記》（Tom Brown's School Days，一八五七年出版。二〇〇五年曾改編成電影。）為藍本加以變化或改裝，這些故事通常將運動描繪成一個試驗場，孩子們通過這個試驗場學習並領悟到勤奮、毅力、公平競賽和自我犧牲，得到了人格上的成長……成了那時代運動小說的重要母題。

在台灣，相關的作品大概可以推溯到陳恆嘉一九七〇年發表在《台灣文藝》的〈一個球員之死〉（發表時名為〈日薄醃嵫〉），寫的是一位曾經風光如今老邁的足球隊員在一場球賽中頻頻被觀眾奚落，最後球隊落敗，當年崇拜他的觀眾如今竟然對他喝倒采，讓他悲憤莫名，以一把短刀在散場的球場上自殺以明志。

但第一個把「運動文學」四個字端上檯面的，則是寫小說出身的劉大任，他的《強悍而美麗》，副標題就是「劉大任運動文學集」。

在劉大任之後，唐諾、楊照、劉克襄、張啟疆……等人也從籃球、棒球……不同運動類型寫出不同的文學作品。

我在二〇一五年底出版的《絕殺ＮＢＡ》，副標題為「徐望雲運動文學集」，就是以籃球為寫作的主題類型，這是繼劉大任之後，第二本標榜「運動文學」的著作。

目前，隨著各種運動的風行，台灣運動作品也不少見，也有不少文學作者投入運動文學寫作，相信未來會有更多更棒的運動文學作家出現，衷心期盼。

中國第一篇運動文學作品

談運動文學，如果把眼界放寬到整部中國文學史，可能還要更早，早到西漢。

我們知道，現代足球最早是發源自中國，古代叫蹴鞠，戰國時代，蹴鞠已經是中國民間的一項熱門運動。由於劉邦喜好蹴鞠，在他當上皇帝以後，促進了蹴鞠成為漢代的全國性體育運動。

漢武帝因為很喜歡踢球也喜歡看比賽，曾令其文學侍從枚臯作〈蹴鞠賦〉助興。

漢書藝文志上提到枚臯有一百二十篇賦，都連同這篇〈蹴鞠賦〉，全部失傳了，因此在這裡我只能說，如果〈蹴鞠賦〉是歌頌蹴鞠運動（依『賦』這個文體的特性判斷），那麼它肯定會是中國文學史上第一篇運動文學作品，但因未見及其文章，我還是先持保留。

至於有文字傳下來的第一篇運動文學作品，則咸認是杜甫的七言古詩〈觀公孫大娘弟子舞劍器行〉。

這首詩有一篇序，寫得很美，大意是說他看了李十二娘舞姿，知道她的先師是公孫大娘，記起童年觀看公孫大娘之劍舞，觸景生情，撫今追昔，讚嘆其舞技高超。

只舉前八句為例：

昔有佳人公孫氏，一舞劍器動四方。
觀者如山色沮喪，天地為之久低昂。

霍如羿射九日落，矯如群帝驂龍翔。
來如雷霆收震怒，罷如江海凝清光。

由於舞劍或劍舞，其實就像今天奧運項目中的體操，或武術，杜甫這首詩回憶形容公孫大娘舞劍的姿態，能讓山沮喪、天地低昂，就如同形容美女「沉魚落雁」一樣，都讓讀者為之驚嘆，值得一讀再讀。

運動文學作品在歐美

運動小說在十九世紀末期的英國和北美非常流行，多半以英國作家休斯（Thomas Hughes）的《湯姆求學記》（Tom Brown's School Days）為藍本加以變化或改裝。

這些故事通常將運動描繪成一個試驗場（在《湯姆求學記》中就是足球學校），孩子們通過這個試驗場學習並領悟到勤奮、毅力、公平競賽和自我犧牲，得到了人格上的成長……成了那時代運動小說的重要母題。

後來的運動小說，就會以某一項運動為主題，發展出文學性的故事，例如加拿大著名的運動小說，W. P. Kinsella 所寫的《Shoeless Joe》（一九八二年），後來改編成好萊塢熱門電影《夢幻成真》（Field of Dreams，一九八九），故事內容是，主人翁Ray因幻聽得到「神旨」，決定散盡家財建棒球場，引來一九一九年因打假球被禁賽的芝加哥白襪隊的八名球員的鬼魂（註，這是美國職棒大聯盟史上的一樁大醜聞，被稱為『黑襪事件』）。

震驚不已的Ray，經由與這些死去的球員們的互動，漸漸明瞭自己生命的缺憾與不足。

事實上，一九五四年諾貝爾文學獎得主海明威，本身就是運動文學作家，也是個拳擊高手，他的好幾部作品都反映了他對拳擊的熱愛，包括短篇小說《五萬美金》（Fifty Grand）和長篇小說《太陽照常升起》（The Sun Also Rises）。

在他最為著名的《老人與海》中，闡揚的也是運動精神，別忘記，書中的主人翁面對的挑戰，是鯊魚群，如同運動場上的強悍對手。

最後，若我們把運動員傳記算做文學的一種，那麼美國倒是養成這類傳記式運動文學的好地方，坊間可以找到很多很多美國運動員傳記的中文譯本，或也可以形成另一種「運動傳記」的文學類型，不過，那得另闢一個新的話題了。

跋

這一頁想說的

如果您是拿到書，就先翻到這頁來，我想說的就是：這不是一本鼓勵讀書的書，而是一本讓您感受「我讀書我快樂」的書，至於快樂在哪裡，只能請您進去一字一字一篇一篇地感受。

如果您是一頁一頁讀到這裡，很感謝您的耐心。我就不嘮叨了。

所謂「常在河邊走，哪能不溼鞋」，我能挑剔別人的書，這本書那麼多篇文字，肯定也有可以挑剔的地方。如果您挑到書中的「骨頭」，歡迎到秀威作家生活誌（showwe.tw）搜尋我的專頁，進來做客，跟我互動。

一本書的誕生，並不容易，有很多人和事物值得我在這裡說聲謝謝。

首先是溫哥華《星島日報》總編輯張曉軍，他允許我在副刊版面的專欄寫我想寫的，再來是負責副刊版面的編輯卓穗良，我的文字常常超過規定的字數，讓她傷透腦筋，但仍充分配合我的「撒野」，完成每個版面，感激！

感謝陪我從台灣飄洋過海來到北美的書們，它們已經像是我的親人了，還有老同學麗娟慨贈舊書「賜箭」，給我更多的寫作靈感和「靠山」。

當然，更感激秀威強大的編輯團隊，才能把這麼漂亮的書，呈現在您面前。

最後，要感謝擁有這本書的您。

同是天涯讀書人，相逢何必曾相識；我們雖在不同的角落，不一定認識，但藉由這本書，心靈勢必會靠近了些，溫暖了些，世界也開闊了些！

語言文學類　PG2780　文學視界139

挑剔的哲學
——徐望雲讀書筆記

作　　者／徐望雲
責任編輯／石書豪
圖文排版／蔡忠翰
封面設計／劉肇昇

發 行 人／宋政坤
法律顧問／毛國樑　律師
出版發行／秀威資訊科技股份有限公司
114台北市內湖區瑞光路76巷65號1樓
電話：+886-2-2796-3638　傳真：+886-2-2796-1377
http://www.showwe.com.tw
劃撥帳號／19563868　戶名：秀威資訊科技股份有限公司
讀者服務信箱：service@showwe.com.tw
展售門市／國家書店（松江門市）
104台北市中山區松江路209號1樓
電話：+886-2-2518-0207　傳真：+886-2-2518-0778
網路訂購／秀威網路書店：https://store.showwe.tw
國家網路書店：https://www.govbooks.com.tw

2022年6月　BOD一版
定價：320元

讀者回函卡

國家圖書館出版品預行編目

挑剔的哲學：徐望雲讀書筆記 / 徐望雲作. -- 一版. -- 臺北市：秀威資訊科技股份有限公司, 2022.06

面； 公分. -- (語言文學類；PG2780)(文學視界；139)

BOD版

ISBN 978-626-7088-73-9(平裝)

1.CST: 現代文學 2.CST: 中國古典文學 3.CST: 文學評論

863.2　　111005991